नल-दमयन्ती

नल-दमयन्ती

सीताराम गोयल

भारत-भारती

पहिला पुनर्मुद्रण, १९९७

ISBN 81-85990-39-5

प्रकाशक:
भारत-भारती
२/१८ अन्सारी रोड, नई दिल्ली - ११० ००२

मुद्रक:
डी. के. फाइन आर्ट प्रेस प्रा. लि.,
ए-निमड़ी कमर्शियल सेंटर
अशोक विहार, फेज-IV, दिल्ली - ११० ०५२

भूमिका

नल-दमयन्ती की मूलकथा महाभारत में समाविष्ट अनेक अनुपम उपाख्यानों में से एक प्रमुख उपाख्यान है। इसका समावेश, प्रसंगवश, महाभारत के तृतीय पर्व, वनपर्व, में किया गया है। वहाँ इस कथा का नाम ''नलोपाख्यान'' है। नलोपाख्यान के अन्तर्गत, वनपर्व के ५२वें अध्याय से लेकर ७९वें अध्याय तक, कुल २८ अध्याय हैं।

महाभारत के अनुक्रमणिका-पर्व में नलोपाख्यान को ''धार्मिकम्'' तथा ''करुणोदयम्'' कहा गया है। इस उपाख्यान का माहात्म्य समझाते हुऐ महर्षि बृहदश्व भी कहते हैं: ''इतिहासमिमं चापि कलिनाशनमच्युत'' अर्थात्, ''हे अच्युत! यह इतिहास कलिमल का नाश करने वाला है।''

नलोपाख्यान के प्रसंग का अवलोकन करने पर यह बात तुरन्त ही स्पष्ट हो जाती है कि यह कथा करुणोत्पादक होनी चाहिए। धर्मराज युधिष्ठिर, भीमसेन, नकुल, सहदेव तथा द्रौपदी काम्यक वन में वास कर रहे हैं। अर्जुन उस समय तक दिव्य शस्त्रास्त्र का संग्रह करने के लिए इन्द्रलोक जा चुके हैं। पाण्डव-गण अपनी विगत तथा वर्तमान विडम्बना का स्मरण करके और अर्जुन के वियोग के कारण अत्यन्त आर्त हैं। इसी समय महर्षि बृहदश्व पाण्डव-गण के पास आते हैं, और धर्मराज युधिष्ठिर महर्षि का यथोचित सत्कार करने के उपरान्त उनसे प्रश्न पूछते हैं :

अस्ति राजा मया कश्चिदल्पभाग्यतरो भुवि।
भवता दृष्टपूर्वो वा श्रुतपूर्वोऽपि वा क्वचित्।
न मत्तो दुःखिततरः पुमानस्तीति मे मतिः ॥

अर्थात् , ''क्या आपने इस पृथिवीतल पर कहीं भी किसी ऐसे राजा को देखा है अथवा किसी ऐसे राजा का नाम सुना है जो मेरी अपेक्षा भी अधिक अभागा हो? मेरा मन तो यह कहता है कि मुझसे बढ़कर दुखी मनुष्य कहीं भी कोई भी नही मिलेगा।''

इस प्रश्न के उत्तर में महर्षि बृहदश्व कहते हैं:

अत्र ते वर्णयिष्यामि यदि शुश्रूषेऽनघ।
यस्त्वत्तो दु:खिततरो राजाऽऽसीत् पृथिवीपते॥

अर्थात्, "पृथिपते! यदि तुम सुनना चाहते हो तो मैं तुम को एक इतिहास सुनाता हूँ। यह उस राजा का इतिहास है जो तुमसे भी बढ़कर अभागा था।"

किन्तु नलोपाख्यान का आद्योपान्त पारायण कर लेने पर भी यह बात सहसा स्पष्ट नहीं हो पाती कि यह उपाख्यान "धार्मिकम्" तथा "कलिनाशनम्" किस प्रकार है। अतएव इस रहस्य को हृदयंगम करने के लिए हमें इस उपाख्यान के प्रंसग का और भी गहन-गम्भीर अन्वेषण करना पड़ेगा।

: २ :

प्रथमत: हमें करुणोत्पादक कथा की प्रयोजनीयता को समझ लेना चाहिए। संसार के साहित्य में करुणोत्पादक कथाओं की कमी नहीं। हमारे देश के आदिकाव्य, रामायण, का अधिकांश करुणोत्पादक है। इस देश के अन्यान्य काव्यों में भी करुणरस की न्यूनाधिक पुट सर्वत्र ही उपलब्ध होती है। पाश्चात्य के साहित्य में ग्रीक नाटककारों तथा शेक्सपीयर इत्यादि की ट्रैजीडीज़ अत्यन्त प्रसिद्ध हैं। आज के युग में भी करुणोत्पादक उपन्यासों की भरमार है। यह कहना नहीं होगा कि मधुररस-प्रधान साहित्य के उपरान्त करुणरस-प्रधान साहित्य ही पाठकों तथा श्रोताओं के निकट सर्वापेक्षा समादृत है।

करुणरस-प्रधान साहित्य यों तो सब प्रकार के पाठकों के लिए ही उपादेय है। चाहे वह पाठक दुर्भाग्य से दुखी हो, चाहे वह सौभाग्य के कारण सुखी हो। सौभाग्य का उपभोग करने वाले सहृदय पाठकों के मानस को इस प्रकार का साहित्य संवेदना से द्रवित कर देता है, और उनके मानस में वैराग्य की भावना के साथ-साथ परोपकार की प्रेरणा भी जागृत करता है। दुर्भाग्य से दु:खित पाठकों के मानस में इस प्रकार का साहित्य धैर्य धारण करने की शक्ति स्फूर्त करता है।

फिर भी यह कहना अनुपयुक्त नहीं होगा कि इस प्रकार का साहित्य दुर्भाग्य से दु:खित पाठक के लिए ही अधिक उपादेय है। दुर्भाग्य-ग्रस्त मनुष्य के मानस में साधारणतया दो प्रकार की भ्रान्तियों का उदय होता है। या तो वह अपने-आप को किसी अभूतपूर्व तथा सर्वथा अमार्जनीय अन्याय का आखेट मानकर अपने मन को उत्कट अभियोग की भावना से भर लेता है। या वह अपने-आप को

नितान्त निकम्मा और अपात्र संमझकर आत्मग्लानि के अथाह सागर में सराबोर हो जाता है।

अभियोग की भावना के अनेक रूप हैं। अभागा मनुष्य मान बैठता है कि संसार-चक्र में अथवा समाज-व्यवस्था में उसके विरुद्ध किसी गहन षड्यन्त्र का समावेश है। या किसी व्यक्ति-विशेष अथवा वर्ग-विशेष को अपनी विडम्बना का स्रष्टा मानकर वह विद्वेष तथा हिंसा से अपना अन्तर आपूर्ण कर लेता है।

आत्मग्लानि से अभिभूत मनुष्य अपने-आप को समस्त प्रकार के सामर्थ्य तथा सद्गुण से विहीन मानने लग जाता है। और वह अपने-आप में अविद्यमान दोषों तथा दुर्गुणों को भी अपने-आप में देखने लगता है। ऐसे मनुष्य का आत्मविश्वास सर्वथा स्खलित हो जाता है।

और ये दोनों प्रकार के मनुष्य ही अन्यान्य मनुष्यों की ओर से करुणा तथा संवेदना के दो कण पाने के लिए झोली फैलाए फिरते हैं। करुणा तथा संवेदना तो सदा ही और सभी मनुष्यों को नहीं मिल पाती। अतएव इस प्रकार के मनुष्यों का मानस बहुत बार कटुता से तिक्त हो जाता है।

यह निर्विवाद है कि ये दोनों ही भ्रान्तियां व्यक्ति तथा समाज के लिए अशुभ एवं अकल्याणकारक हैं। अपने विषय में किसी अभूतपूर्व अन्याय का बोध अथवा आत्मग्लानि की चेतना — यो दोनों ही मनुष्य के अहंकार के रूपान्तर-मात्र हैं। अहंकार मनुष्य को मूढ़ बना देता है। और मूढ़ बना हुआ मनुष्य किसी भी समाज में विष के समान होता है। वह अपने चारों ओर के वातावरण को विषाक्त कर देता है। उस मनुष्य का अपना अध:पतन तो उत्तरोत्तर निबिड़ होता ही रहता है।

अंहकार के आवेश से रुग्ण मानस के लिए कोई भी करुणोत्पादक कथा एक अचूक औषधि का काम देती है। ऐसी कथा को पढ़कर अथवा सुनकर अभियोग-परायण अभागा मनुष्य यह अनुभव करने लगता है कि उसका अपना दुर्भाग्य वैसा अभूतपूर्व नहीं है जैसा कि वह, भ्रान्तिवश, मान बैठा है। उसके पूर्व भी, और उसकी अपेक्षा श्रेष्ठतर मनुष्यों ने भी, उसके दुर्भाग्य से प्रबलतर दुर्भाग्य की प्रतारणा सहन की है। फलस्वरूप उस मनुष्य के मानस में धैर्य का उद्रेक होता है। और दुर्भाग्य की वेला में धैर्य के समान मनुष्य का कोई अन्य धन नहीं होता। धैर्य मनुष्य के मानस को विषाक्त होने से बचा लेता है।

आत्मग्लानि-ग्रस्त मनुष्य के लिए भी करुणोत्पादक कथा इसी प्रकार स्वास्थ्य-दायक है। इस प्रकार की कथा पढ़कर अथवा सुनकर वह समझ जाता है कि सौभाग्य तथा दुर्भाग्य का सम्बन्ध अनिवार्यतः किसी प्रकार की पात्रता अथवा अपात्रता से नहीं। सौभाग्य के पात्र मनुष्यों ने दुर्भाग्य देखा है, और दुर्भाग्य के पात्र मनुष्यों ने सौभाग्य का उपभोग किया है। इस प्रकार उस मनुष्य की आत्मग्लानि दूर होने लगती है, और उसका आत्मविश्वास लौट आता है।

: ३ :

द्वितीयतः हमें इतिहास के अध्ययन की उपादेयता को हृदयंगम कर लेना चाहिए। भारतीय परम्परा में इतिहास-पुराण को पंचम वेद कह कर प्रख्यात किया गया है। इतिहास-पुराण का अध्ययन अथवा श्रवण इस देश में सदा ही एक प्रकार की अध्यात्म-साधना माना गया है। इतिहास-पुराण के अध्ययन, श्रवण तथा मनन से चित्त की शुद्धि का होना हमारे समस्त शास्त्रों ने स्वीकार किया है।

आधुनिक पाश्चात्य के मनीषी और उसके भारतीय अनुगामी की स्थूल बुद्धि सहसा इस रहस्य को नहीं समझ सकती। वह तो विभिन्न प्रकार के कूड़े-करकट को बटोर कर सजाने तथा सँवारने की क्रिया को ही इतिहास मान बैठा है। इस प्रकार का इतिहास मनुष्य के विकृत मानस के लिए एक प्रकार का विनोद भले ही जुटा सके, मनुष्य की चित्त-शुद्धि उसके द्वारा किसी प्रकार भी सम्भव नहीं।

इसके विपरीत भारतवर्ष के पुरातन मनीषियों ने इतिहास-पुराण के अध्ययन तथा मनन को महाकाल के साक्षात्कार का साधन माना है। यह तो एक सर्वजन-सुलभ तथा सर्वथा अनुभूत सत्य है कि मनुष्य जब-जब अपनी क्षुद्र तथा संकीर्ण लोकयात्रा के पार जाकर महाकाल के अजस्र प्रवाह का पर्यवलोकन करता है, तब-तब उसका अन्तर एक अगाध और अपरिमेय सान्त्वना तथा शान्ति से आप्लावित हो जाता है। इस प्रकार उसके अहंकार का भी विलय होने लगता है।

महाभारतकार भगवान् व्यास ने स्वयं इतिहास-पुराण की इस उपादेयता का स्पष्ट संकेत किया है। अनुक्रमणिका-पर्व में ही संजय राजा धृतराष्ट्र को अतीत के अनेकानेक राजा-महाराजाओं के नाम गिनवाते हैं।

फिर वे कहते है:

एते चान्ये च राजानः शतशोऽथ सहस्त्रशः।

श्रूयन्ते शतशश्चान्ये संख्याताश्चैव पद्मशः ॥
हित्वा सुविपुलान् भोगान् बुद्धिमन्तो महाबलाः।
राजानो निधनं प्राप्तास्तव पुत्रा इव प्रभो॥
येषां दिव्यानि कर्माणि विक्रमस्त्याग एव च।
माहात्म्यमपि चास्तिक्यं सत्यं शौचं दयार्जवम्॥
विद्वद्भि कथ्यते लोके पुराणे कविसत्तमैः।
सर्वर्द्धिगुणसम्पन्नास्ते चापि निधनं गताः॥
तव पुत्रा दुरात्मानः प्रतप्ताश्चैव मन्युना।
लुब्धा दुर्वृत्तभूयिष्ठा न ताञ्छोचितुमर्हसि॥
श्रुतवानसि मेधावी बुद्धिमान् प्राज्ञसभ्मतः।
येषां शास्त्रानुगा बुद्धि न ते मुह्यन्ति भारत॥

अर्थात्, ''हे प्रभो! इतिहास में इन तथा अन्यान्य सैकड़ों और सहस्त्रों राजाओं का नाम सुना जाता है। और भी सैकड़ों राजाओं के नाम गिनाए जा सकते हैं। पद्म की संख्या पूरी हो जाती है। किन्तु भूतकाल के राजाओं की संख्या पूरी नहीं होती।

''वे समस्त राजा बुद्धिमान् तथा बलवान् थे। किन्तु वे सभी विपुल भोगों को छोड़कर मृत्यु को प्राप्त हो गए। उसी प्रकार, जिस प्रकार आपके पुत्र।

''जिन राजाओं के दिव्य कर्म, विक्रम, त्याग, माहात्म्य, आस्तिक्य, सत्य, शौच, दया तथा आर्जव की कहानी लोक में और पुराण में श्रेष्ठ कवियों द्वारा कही जाती है, वे सर्वगुण-सम्पन्न राजा भी मृत्यु को प्राप्त हो गए।

''फिर आपके पुत्र तो दुरात्मा थे। वे अभिमान से अनुप्राणित थे। वे लोभ के वशीभूत होकर बार-बार दुराचरण करते रहे। उनके विषय में आपको शोक नहीं करना चाहिए।

''आप वेद-शास्त्र सुन चुके हैं। आप बुद्धिमान् और मेधावी हैं, तथा पण्डितों द्वारा सम्मानित हैं। हे भारत! जिन लोगों की बुद्धि शास्त्र के अनुकूल रहती है, वे कभी विमूढ़ नहीं होते।''

तदनन्तर संजय काल की महिमा का वर्णन करते हुए कहते हैं:

भवितव्यं तथा तच्च नानुशोचितुमर्हसि।
दैवं प्रज्ञाविशेषेण को निवर्तितुमर्हति॥

विधातृविहितं मार्गं न कश्चिदतिवर्तते।
कालमूलमिदं सर्वं भावाभावौ सुखासुखे।।
कालः सृजति भूतानि कालः संहरते प्रजाः।
संहरन्तं प्रजाः कालं कालः शमयते पुनः॥
कालो ही कुरुते भावान् सर्वलोके शुभाशुभान्।
कालः संक्षिपते सर्वाः प्रजा विसृजते पुनः॥
कालः सुप्तेषु जागर्ति कालो हि दुरतिक्रमः।
कालः सर्वेषु भूतेषु चरत्याविधृतः समः॥
अतीतानागता भावा ये च वर्तन्ति साम्प्रतम्।
तान् कालनिर्मितान् बुद्ध्वा न संज्ञां हातुमर्हसि॥

अर्थात्, "होनहार ऐसी ही थी। उसके विषय में आपको शोक नही करना चाहिए। कौन ऐसा मनुष्य है जो अपनी बुद्धि के बल से दैव का मुख मोड़ सकता है?

"विधाता द्वारा विहित मार्ग का अतिक्रमण तो कोई भी नहीं कर सकता। सुख तथा दुख का भाव तथा अभाव, इस सब-कुछ का मूल केवल काल ही है।

"काल ही भूत-समुदाय की सृष्टि करता है, और काल ही प्रजा का संहार करता है। और प्रजा का संहार करते हुए काल को काल ही पुनः शान्त करता है।

"समस्त लोकों में जो भी शुभ तथा अशुभ भाव हैं, उन सबका कर्ता केवल काल ही है। काल ही प्रजा को संक्षिप्त करता है, और फिर प्रजा का विस्तार भी।

"समस्त सृष्टि के विलीन हो जाने पर काल ही जागता रहता है। काल का अतिक्रमण दुःसाध्य है। काल ही समस्त भूत-समुदाय में निर्बाध रहकर समान भाव से विचरण करता है।

"अतीत तथा अनागत के जो भी भाव हैं और जो-जो भाव वर्तमान में विद्यमान हैं, उन सबको आप काल द्वारा ही सृष्ट मान लीजिए। इस प्रकार मान लेने पर फिर कभी आपकी संज्ञा का विलोप नहीं हो पाएगा।"

और महाकाल के आवर्तन-प्रत्यावर्तन का मनन तो भगवान् के विश्वरूप का दर्शन कर लेने के समान है। अतएव इतिहास-पुराण के पंचम वेद होने का रहस्य भी सहज ही हमारी समझ में आ जाता है। नलोपाख्यान के समान ऐतिहासिक कथा इस दृष्टि से भी उपादेय है।

: ४ :

अब हमें यह समझना है कि नलोपाख्यान को ''धार्मिकम्'' क्यों कहा गया है। यह स्पष्ट है कि संसार के समस्त करुणोत्पादक अथवा ऐतिहासिक साहित्य को ''धार्मिकम्'' नहीं माना जा सकता। ग्रीक नाटककारों तथा शेकस्पीयर के करुणोत्पादक नाटकों का अध्ययन करके मनुष्य के मानस में संवेदना और धैर्य का उद्रेक भले ही हो उठे, किसी प्रकार की धर्मबुद्धि का उदय तो उस साहित्य की सहायता से सम्भव नहीं हो पाता। इसी प्रकार पाश्चात्य के अधिकांश आधुनिक अथवा पुरातन इतिहासकारों द्वारा लेखबद्ध इतिहास का अध्ययन एवं मनन भी धर्मबुद्धि के प्रसंग में प्रयोजनीय नहीं। तो फिर नलोपाख्यान में ही वे कौन से विशिष्ट गुण हैं जिनके कारण इस उपाख्यान को ''धार्मिकम्'' कहा गया है ? इस प्रसंग में सर्वप्रथम हमको धर्मबुद्धि के प्रकृत अर्थ से परिचित हो जाना चाहिए।

मनुष्य के मानस में किसी भावना के उद्रेक को ही बुद्धि नहीं कहा जा सकता। भावना चंचल तथा भंगुर होती है। उसका उदय जितना सहज होता है, उसका विलय भी उतना ही सहज होता है। इस क्षण किसी भावना से आविष्ट मनुष्य उस क्षण यह समझ ही नहीं पाता कि उसने किस प्रकार और क्यों ऐसा सोचा अथवा वैसा कर्म किया था। इसके विपरीत मनुष्य के मानस में किसी भी सुनिश्चित दृष्टि का उदय होना उसको स्थिरत्व के गुण से सम्पन्न कर देता है। तब उसकी भावना एकनिष्ठ होने लगती है। तदनन्तर उसके मानस में परस्पर विपरीत भावनाओं का उदय नहीं हो पाता। न ही विपक्ष के शत-सहस्त्र तर्क-वितर्क उसको अस्थिर कर सकते हैं। दृष्टि के इसी परिपाक को शास्त्र में बुद्धि कहा गया है।

धर्मबुद्धि वह बुद्धि है जो धर्म के विषय में किसी प्रकार की कोरी भावना का आश्रय न लेकर एक दृढ़ दृष्टि पर ही आरूढ़ रहती है। इस धर्मबुद्धि को भाग्य की घोर-से-घोरतम विडम्बना भी विचलित नहीं कर सकती। इस धर्मबुद्धि पर जितना ही आघात किया जाता है उतना ही यह और भी दृढ़ होती जाती है। और इस धर्मबुद्धि के मार्ग में जितने भी विघ्न उपस्थित होते हैं उतनी ही यह और भी निखर उठती है।

अपरिपक्व बुद्धि के मार्ग में जो विघ्न उपस्थित होते हैं उनको चार वर्गों में

विश्लिष्ट किया जा सकता है। प्रथमतः अधर्मरत लोगों के प्रति उत्कट क्रोध का उद्रेक, जिसको मनुष्य का मानस सहज ही तेज समझने की भूल कर बैठता है। द्वितीयतः नास्तिक्य की भावना का उदय, जो धर्म तथा अधर्म के प्रश्न को निष्प्रयोजनीय मान कर विषाद से मानस भर देती है। तृतीयतः परिस्थिति तथा प्रसंग का पर्यवेक्षण किए बिना ही पौरुष का प्रदर्शन करने की चाह, जो दैव इत्यादि अन्य कारणों की अवहेलना करके मनुष्य की व्यवसायबुद्धि को ही कार्यसिद्धि का एकमात्र कारण मान बैठती है। और अन्ततः अधर्म की ओर प्रबल प्रवृत्ति, जो मनुष्य को येन-केन प्रकारेण अपने अर्थ की सिद्धि के लिए लालायित कर देती है।

नलोपाख्यान के पूर्व आने वाले प्रसंग का अवलोकन करते ही हम देख पाते हैं कि द्रौपदी तथा भीमसेन, अपने वनवास की विडम्बना से व्याकुल होकर, धर्मराज युधिष्ठिर की धर्मबुद्धि के विरुद्ध ये चारों ही विघ्न उपस्थित करते हैं। किन्तु धर्मराज युधिष्ठिर सर्वथा शान्त रहकर इन समस्त विघ्नों का अतिक्रमण कर लेते हैं। तदुपरान्त ही महर्षि बृहदश्व उन लोगों के पास आकर नलोपाख्यान सुनाते हैं। और नलोपाख्यान का अध्ययन तथा मनन करने से यह तथ्य तुरन्त ही स्पष्ट हो जाता है कि निषधराज नल तथा विदर्भराजपुत्री दमयन्ती की धर्मबुद्धि इतनी परिपक्व थी कि उनके मानस में ये विघ्न कभी उदय ही नही हो पाए।

इस दृष्टि से देखने पर हम सहज ही समझ सकते हैं कि नलोपाख्यान को "धार्मिकम्" क्यों कहा गया है। भीमसेन तथा द्रौपदी के विक्षिप्त तर्क-वितर्क के प्रत्युत्तर में धर्मराज युधिष्ठिर जो कुछ कहते हैं उसकी पुष्टि महर्षि बृहदश्व नल और दमयन्ती के चरित्र में प्रकट करते हैं। उन दोनों के चरित्र का मनन करके कोई भी कह सकता है कि धर्म के पक्ष में प्रस्तुत की जाने वाली मीमांसा केवल कथन मात्र नहीं है, प्रत्युत् उस मीमांसा को मनुष्य अपने आचरण में भी अनुष्ठित कर सकता है।

अब हम नलोपाख्यान के पूर्व आने वाले प्रसंग का अपेक्षाकृत विस्तरशः वर्णन करेंगे। उस प्रसंग में कही गई बातों को हम मूल संस्कृत तथा हिन्दी अनुवाद, दोनों ही प्रकार से प्रस्तुत कर रहे हैं। संस्कृत के ये श्लोक इतने मनोहारी हैं कि इनको उद्धृत करने के लोभ का हम संवरण नहीं कर पा रहे।

: ५ :

धर्मराज युधिष्ठिर, द्यूतक्रीड़ा के परिणाम-स्वरूप अपना सर्वस्व खोकर, अपने चारों भाइयों तथा द्रौपदी के साथ द्वैतवन में वास कर रहे हैं। द्रौपदी तथा भीमसेन का मानस विषाद से ग्रस्त है। वे दोनों मान बैठे हैं कि धर्मराज युधिष्ठिर की अतिशय धर्मासक्ति के कारण ही पाण्डव-गण को वह दुर्दिन देखना पड़ा है। अन्यथा दुर्योधन ने जिस समय छल-कपट करके उन लोगों का सर्वस्व हरण किया था उसी समय धर्मराज के इंगित मात्र से भीम तथा अर्जुन कौरव-पक्ष का विध्वंस कर देते और पाण्डव-पक्ष वनवास की घोर विडम्बना से बच जाता। और धर्मराज यदि इस समय भी सहमत हो जाएँ तो कौरव-पक्ष का पराभव तथा पाण्डव-पक्ष की जय सर्वथा सम्भव है।

इस प्रकार विषाद तथा रोष से आकुल बनी हुई द्रौपदी धर्मराज युधिष्ठर से कहती है:

इदं च शयनं दृष्ट्वा यच्चासीत् ते पुरातनम्।
शोचामि त्वां महाराज दुःखानर्हं सुखोचितम्॥
दान्तं यच्च सभामध्य आसनं रत्नभूषितम्।
दृष्ट्वा कुशवृषीं चेमां शोको मां प्रदहत्ययम्।
यदपश्यं सभायां त्वां राजभिः परिवारितम्।
तच्च राजन्नापश्यन्त्याः का शान्तिर्हृदयस्य मे॥
या त्वां चन्दनादिग्धमपश्यं सूर्यवर्चसम्।
सा त्वां पङ्कमलादिग्धं दृष्ट्वा मुह्यामि भारत॥
या त्वाहं कौशिकैर्वस्त्रैः शुभ्रैराच्छादितं पुरा।
दृष्टवत्यस्मि राजेन्द्र सा त्वां पश्यामि चीरिणम्॥

अर्थात्, ''महाराज! आज आपकी यह शय्या देखकर मुझे आपकी पुरानी राजोचित शय्या का स्मरण होता है। आप दुःख सहने योग्य नहीं हैं। आप सुख पाने के ही पात्र है। आपकी यह दशा देखकर मैं शोक में मग्न हो जाती हूँ।

''मैंने राजसभा में आप को हाथीदाँत के रत्नजटित सिंहासन पर विराजमान देखा है। आज जब मैं आपको इस कुशासन पर उपासीन देखती हूँ तो शोक मुझको दग्ध कर डालता है।

''राजन्! मैं तो आप को आप की राजसभा में राजाओं के मण्डल के मध्य में शोभायमान देख चुकी हूँ। अब आप को उस रूप में न देखकर मैं किस प्रकार

अपने हृदय को शान्त रख सकती हूँ?

"भारत! मैं वही हूँ जिसने आपको चन्दन से चर्चित होकर सूर्य के समान देदीप्ययान देखा है। अब मैं ही आपको पङ्क तथा मल से मलिन देख रही हूँ। आपकी यह दशा देखकर मैं सन्तप्त हो उठी हूँ।

"राजेन्द्र! मैं वही हूँ जिसने पूर्व समय में आप को शुभ्रवर्ण रेशम के वस्त्रों से आच्छादित देखा है। वही मैं आज आपको वल्कल धारण किए हुए देख रही हूँ।"

तदनन्तर द्रौपदी धर्मराज युधिष्ठिर का ध्यान अन्यान्य पाण्डवों की ओर आकर्षित करती है। वह कहती है:

यत् ते भ्रातॄन् महाराज युवानो मृष्टकुण्डलाः।
अभोजयन्त मिष्टान्नैः सूदाः परमसंस्कृतैः॥
सर्वांस्तानद्य पश्यामि वने वन्येन जीविनः।
अदुःखार्हान् मनुष्येन्द्र नोपशाम्यति मे मनः॥

अर्थात्, "महाराज! कानों में कुण्डल धारण करने वाले तरुण रसोइये आपके भाइयों को शुद्ध तथा स्वादिष्ट मिष्टान्नों का भोजन करवाया करते। आज आपके उन्हीं भाइयों को मैं वन के फलमूल खाकर निर्वाह करते हुए वनवासियों के रूप में देख रही हूँ। मनुष्येन्द्र! आपके ये भाई दुःख भोगने योग्य नहीं हैं। आज इन लोगों की यह दशा देखकर मेरा मानस शान्त नहीं हो पाता।"

अन्त में द्रौपदी अपनी दुर्दशा की ओर संकेत करती है। वह कहती है:

द्रुपदस्य कुले जातां स्नुषां पाण्डोर्महात्मनः।।
धृष्टद्युम्नस्य भगिनीं वीरपत्नीमनुव्रताम्।
मां वै वनगतां दृष्ट्वा कस्मात् क्षमसि पार्थिव।।

अर्थात् , "मैंने महाराज द्रुपद के कुल में जन्म लिया है। मैं महात्मा पाण्डु की पुत्रवधू हूँ। मैं वीरशिरोमणि धृष्टद्युम्न की बहिन हूँ। मेरा विवाह भी वीरशिरोमणि पाण्डवों से हुआ है। और मैं उन लोगों की पतिव्रता पत्नी हूँ। महाराज! मुझको इस वनवास का कष्ट झेलते देखकर आप किस प्रकार क्षमा का भाव धारण किए बैठे हैं?"

अपनी तथा अपने पतियों की विडम्बना का वर्णन करती हुई द्रौपदी रोष से भर जाती है, और वह धर्मराज युधिष्ठिर की भर्त्सना करती है। वह कहती है:

नूनं च तव वै नास्ति मन्युर्भरतसत्तम।

यत् ते भ्रातृींश्च मां चैव दृष्ट्वा न व्यथते मनः॥
न निर्मन्युः क्षत्रियोऽस्ति लोके निर्वचनं स्मृतम्।
तदद्य त्वयि पश्यामि क्षत्रिये विपरीतवत्॥
यो न दर्शयते तेजः क्षत्रियः काल आगते।
सर्वभूतानि तं पार्थ सदा परिभवन्त्युत॥
तत् त्वया न क्षमा कार्या शत्रून् प्रति कथंचन।
तेजसैव हि ते शक्या निहन्तुं नात्र संशयः॥

अर्थात्, ''भरतश्रेष्ठ! मुझे तो विश्वास होने लगा है कि आपके अन्तर में तेज का अभाव है। कारण, अपने भाइयों को तथा मुझको देखकर भी आपका मानस व्यथित नहीं होता।

''संसार में कोई भी क्षत्रिय तेजरहित नहीं होता। क्षत्रिय शब्द की व्युत्पत्ति ही उसका सतेज होना बतलाती है।* किन्तु आज आप क्षत्रिय होते हुए भी क्षात्र के विपरीत व्यवहार कर रहे हैं।

''पार्थ! जो क्षत्रिय समय आने पर तेज प्रकट नहीं करता उसका सब प्राणियों द्वारा सदा ही पराभव होता है।

''अतएव आपको किसी प्रकार भी शत्रुओं के प्रति क्षमा का भाव धारण नहीं करना चाहिए। इस बात में तनिक भी संशय नहीं है कि तेज द्वारा ही आप उन शत्रुओं का संहार कर सकते हैं।''

द्रौपदी यह स्वीकार करती है कि क्षमा भी क्षत्रिय का धर्म है। किन्तु क्षमा धारण करने का भी एक काल होता है, वैसे ही जैसे कि तेज प्रकट करने का एक काल होता है। तेज के काल में क्षमा धारण करना और क्षमा के काल में तेज प्रकट करना विवेक-शून्यता है। द्रौपदी कहती है:

काले मृदुर्यो भवति काले भवति दारुणः।
स वै सुखमवाप्नोति लोकेऽमुस्मिन्निहैव च॥
देशकालौ तु सम्प्रेक्ष्य बलाबलमथात्मनः।
नादेशकाले किंचित् स्याद् देशकालौ प्रतीक्षताम्॥

अर्थात, ''जो क्षत्रिय काल आने पर क्षमा धारण कर लेता है, और काल आने

---

* क्षरते इति क्षत्रियम्—जो (दुष्टों) का क्षरण (नाश) करता है वही क्षत्रिय है।

पर तेज प्रकट करता है, वही इहलोक में तथा परलोक में सुख प्राप्त करता है।

''देश और काल की तथा अपने बल और अबल की परीक्षा करके, उचित देश और काल के उपस्थित हुए बिना कुछ भी नहीं करना चाहिए। अतएव उचित देश और काल की प्रतीक्षा करना चाहिए।''

किन्तु द्रौपदी के मतानुसार धर्मराज युधिष्ठर द्वारा तेज प्रकट करने का काल आ पहुँचा है। वह धर्मराज को प्रोत्साहित करती है:

तदहं तेजसः कालं तव मन्ये नराधिप।
धार्तराष्ट्रेषु लुब्धेषु सततं चापकारिषु॥
न हि कश्चित् क्षमाकालो विद्यतेऽद्य कुरून् प्रति।
तेजसश्चागते काले तेज उत्स्रष्टुमर्हसि।।

अर्थात्, ''नराधिप! मैं मानती हूँ कि सदा ही आपका अपकार करने वाले और लोभ के वशीभूत रहने वाले धृतराष्ट्र-पुत्रों के प्रति आपके द्वारा तेज प्रकट करने का काल अब उपस्थित है।

''कौरवों के प्रति क्षमा धारण करने का कोई काल अब नहीं रह गया। और तेज प्रकट करने का काल आने पर आपके लिए यही उचित है कि आप तेज ही प्रकट करें।''

धर्मराज युधिष्ठिर शान्तिपूर्वक द्रौपदी की भर्त्सना तथा उसका परामर्श सुन लेते हैं। तब वे द्रौपदी के उद्बोधन के लिए तेज और क्रोध के बीच भेद बतलाते हैं। वे कहते हैं:

तेजस्वीति यमाहुर्वै पण्डिता दीर्घदर्शिनः।
न क्रोधोऽभ्यन्तरस्तस्य भवतीति विनिश्चितम्॥
यस्तु क्रोधं समुत्पन्नं प्रज्ञया प्रतिबाधते।
तेजस्विनं तं विद्वांसो मन्यन्ते तत्त्वदर्शिनः।।
क्रुद्धो हि कार्यं सुश्रोणि न यथावत् प्रपश्यति।
नाकार्यं न च मर्यादां नरः क्रुद्धोऽनुपश्यति।।

अर्थात्, ''दीर्घदर्शी पण्डित-गण जिस मनुष्य को तेजस्वी कहते हैं उसके अन्तर में क्रोध का आविर्भाव नहीं होता। यह बात तो सुनिश्चित है।

''अन्तर में आविर्भूत क्रोध को जो मनुष्य विवेक द्वारा रुद्ध कर देता है, उसी मनुष्य को तत्त्वदर्शी विद्वान लोग तेजस्वी मानते हैं।

''हे सुश्रोणि! क्रोध से आविष्ट मनुष्य भलीभाँति यह नहीं समझ पाता कि कौन-सा काम करने योग्य है। और क्रुद्ध मनुष्य न करने योग्य काम को भी नहीं देख पाता। न ही उसको मर्यादा का ज्ञान रहता है।''

फिर वे द्रौपदी को क्रोध के परिणाम की परम्परा समझाते हैं। वे कहते हैं:

आक्रुष्टः पुरुषः सर्वं प्रत्याक्रोशेदनन्तरम्।
प्रतिहन्याद् हतश्चैव तथा हिंस्याच्च हिंसितः॥
हन्युर्हि पितरः पुत्रान् पुत्राश्चापि तथा पितॄन्।
हन्युश्च पतयो भार्याः पतीन् भार्यास्तथैव च॥
एवं संकुपिते लोके शमः कृष्णे न विद्यते।
प्रजानां संधिमूलं हि शमं विद्धि शुभानने॥
ताः क्षिपेरन् प्रजा सर्वाः क्षिप्रं द्रौपदि तादृशे।
तस्मान्मन्युर्विनाशाय प्रजानामभवाय च॥

अर्थात्, ''क्रोध से आविष्ट मनुष्य जिन लोगों पर क्रोध करता है वे सब उसी के समान प्रतिक्रुद्ध हो उठते हैं। मार खाने वाला मनुष्य प्रत्युत्तर में मारने लगता है। और जिस मनुष्य के प्रति हिंसा होती है, वह भी प्रत्युत्तर में हिंसारत हो जाता है।

''तब पिता अपने पुत्रों के मारने लग जाते हैं, और पुत्र अपने पिताओं को; पति अपनी पत्नियों को मारने लग जाते हैं, और पत्नियाँ अपने पतियों को।

''कृष्णे! इस प्रकार समस्त संसार के कुपित हो उठने पर कहीं भी शान्ति नहीं रह जाती। और, शुभानने! तुम यह समझ लो कि प्रजा की स्थिति का मूल शान्ति ही है।

''द्रौपदि! यदि राजा तुम्हारे कथनानुसार क्रोधी हो जाए तो सारी प्रजाओं का ही सर्वनाश हो जाए। अतएव क्रोध तो प्रजाओं के नाश तथा अवनति का ही कारण है।''

तदनन्तर धर्मराज युधिष्ठिर क्षमा की महिमा का वर्णन करते हुए कहते हैं:

यस्मात् तु लोके दृश्यन्ते क्षमिणः पृथिवीसमाः।
तस्माज्जन्म च भूतानां भवश्च प्रतिपद्यते॥
क्षमा धर्मः क्षमा यज्ञः क्षमा वेदाः क्षमा श्रुतम्।
य एतदेवं जानाति स सर्वं क्षन्तुमर्हति॥
क्षमा ब्रह्म क्षमा सत्यं क्षमा भूतं च भावि च।

क्षमा तपः क्षमा शौचं क्षमयेदं धृतं जगत्॥
क्षमा तेजस्विनां तेजः क्षमा ब्रह्म तपस्विनाम्।
क्षमा सत्यं सत्यवतां क्षमा यज्ञः क्षमा शमः॥
तां क्षमां तादृशीं कृष्णे कथमस्मद्विधस्त्यजेत्।
यस्यां ब्रह्म च सत्यं च यज्ञा लोकाश्चाधिष्ठिताः॥

अर्थात्, ''इस संसार में पृथिवी के समान क्षमाशील लोग भी देखे जाते हैं। इसीलिए इस लोक में प्राणियों की उत्पत्ति तथा स्थिति सम्भव है।

''क्षमा धर्म है, क्षमा यज्ञ है, क्षमा वेद है, क्षमा शास्त्र है। जो मनुष्य इस प्रकार क्षमा के मर्म को जानता है वह सबको क्षमा करने की क्षमता प्राप्त कर लेता हैं।

''क्षमा ब्रह्म है, क्षमा सत्य है, क्षमा ही भूत और भविष्य है। क्षमा तप है, क्षमा शौच है, क्षमा के द्वारा ही यह समस्त जगत धारण किया गया है।

''क्षमा तेजस्वियों का तेज है। क्षमा ही तपस्वियों का ब्रह्म है। क्षमा सत्यवादी पुरुषों का सत्य है। क्षमा यज्ञ है। क्षमा शम है।

''कृष्णे! जिस क्षमा की महिमा इस प्रकार बतलाई गई है, जिस क्षमा में ब्रह्म, सत्य, सारे यज्ञ तथा समस्त लोक प्रतिष्ठित हैं, उस क्षमा को मेरे जैसा पुरुष कैसे त्याग सकता है?''

अन्त में धर्मराज युधिष्ठिर प्रस्तुत प्रसंग में क्षमा की उपयोगिता भी बतलाते हैं। वे भीष्म, कृष्ण, विदुर, कृप, संजय, सोमदत्त, युयुत्सु, अश्वत्थामा तथा व्यास का उल्लेख करके कहते हैं :

एतैर्हि राजा नियतं चोद्यमानः शमं प्रति।
राज्यं दातेति मे बुद्धिर्न चेल्लोभान्नशिष्यति॥
कालोऽयं दारुणो प्राप्तो भरतानामभूतये।
निश्चितं मे सदैवैतत् पुरस्तादपि भाविनि॥
सुयोधनो नार्हतीति क्षमामेवं न विन्दति।
अर्हस्तत्राहमित्येवं तस्मान्मां विन्दते क्षमा॥

अर्थात्, ''ये सब लोग राजा धृतराष्ट्र को सदा शान्ति के प्रति प्रोत्साहित करेंगे। मेरा विश्वास है कि तब वे राजा हमारा राज्य हमको लौटा देंगे। यदि वे राज्य नहीं देंगे तो लोभ के कारण नष्ट हो जाएँगे।

''इस समय भरतवंश के विनाश के लिए भयंकर काल उपस्थित है।

आर्यशास्त्रातिगे क्रूरे लुब्धे धर्मापचायिनि।
धार्तराष्ट्रे श्रियं दत्वा धाता किं फलमश्नुते॥
कर्म चेत् कृतमन्वेति कर्तारं नान्यमृच्छति।
कर्मणा तेन पापेन लिप्यते नूनमीश्वरः॥
अथ कर्म कृतं पापं न चेत् कर्तारमृच्छति।
कारणं बलमेवेह जनाञ्छोचामि दुर्बलान्॥

अर्थात्, "अपनी इच्छा के अनुसार ही आचरण करने वाले भगवान्, प्राणियों का परस्पर संयोग तथा वियोग करके, उनके साथ इसी प्रकार क्रीड़ा करते हैं जिस प्रकार कि बालक अपने खिलौने के साथ।

"राजन्! विधाता प्राणियों के प्रति माता-पिता के समान स्नेहपूर्ण व्यवहार नहीं करते। वे भी मानो इन अन्यान्य प्राणियों के समान रोष के वशीभूत होकर ही प्रवृत्त होते हैं।

"शीलवान् तथा लज्जावान् आर्य लोगों को मैं आजीविका के लिए कष्ट झेलते हुए देखती हूँ, और अनार्य लोगों को सुख भोगते हुए देखती हूँ। इस अवस्था का चिन्तन करने पर मैं विह्वल-सी हो जाती हूँ।

"पार्थ! आपकी इस आपदा को देखकर तथा दुर्योधन की समृद्धि को देखकर, मैं विधाता की विगर्हा करती हूँ। विधाता की दृष्टि विषम है।

"मैं नहीं समझ पाती कि आर्यशास्त्रों का अतिक्रमण करने वाले, क्रूर, लोभी तथा धर्म का हनन करने वाले दुर्योधन को सौभाग्य प्रदान करके विधाता को कौन-से फल की उपलब्धि होती है?

"यदि किया हुआ कर्म कर्त्ता का ही अनुसरण करता है, और किसी अन्य मनुष्य का अनुसरण नहीं करता, तो ईश्वर भी अवश्य ही इस पाप के द्वारा लिप्त होते होंगे।

"इसके विपरित यदि किया हुआ पाप-कर्म कर्त्ता को प्राप्त नहीं होता तो इसका कारण कर्त्ता का बल ही है। विधाता बलवान् हैं, इसलिए पाप-कर्म करके भी वे पाप-कर्म के फल से मुक्ति पा लेते हैं। इस अवस्था में मुझको दुर्बल मनुष्यों के विषय में शोक होता है।"

धर्मराज युधिष्ठिर पुनः द्रौपदी का समाधान करने की चेष्टा करते हैं। सर्वप्रथम वे उन लोगों की निन्दा करते हैं जो इस संसार में बाह्य फल पाने की

इच्छा से धर्म का आचरण करते हैं। वे कहते हैं :

नाहं कर्मफलान्वेषी राजपुत्रि चराम्युत।
ददामि देयमित्येव यजे यष्टव्यमित्युत॥
अस्तु वात्र फलं मा वा कर्तव्यं पुरुषेण यत्।
गृहे वा वसता कृष्णे यथाशक्ति करोमि तत्॥
धर्मं चरामि सुश्रोणि न धर्मफलकारणात्।
आगमाननतिक्रम्य सतां वृत्तमवेक्ष्य च॥
धर्म एव मनः कृष्णे स्वभावाच्चैव मे धृतम्।
धर्मवाणिज्यको हीनो जघन्यो धर्मवादिनाम्॥
न धर्मफलमाप्नोति यो धर्मं दोग्धुमिच्छति।
यश्चैनं शङ्कते कृत्वा नास्तिक्यात् पापचेतनः॥

अर्थात्, ''राजपुत्रि! मैं कर्म के फल का अन्वेषण करने वाला बनकर आचरण नहीं करता। मैं दान इसीलिए देता हूँ कि दान देना मेरा कर्त्तव्य है। मैं यज्ञ भी इसीलिए करता हूँ कि यज्ञ करना मेरा कर्त्तव्य है।

''कृष्णे! कर्म का फल इस लोक में हो या न हो, मैं तो यथाशक्ति वही कर्म करता रहता हूँ जो गृहस्थाश्रम में वास करने वाले पुरुष के लिए करणीय है।

''सुश्रोणि! मैं धर्म का फल पाने के लोभ से धर्म का आचरण नहीं करता। मैं तो शास्त्र के आदेश का अतिक्रमण करने से विरत रहकर तथा सत्पुरुषों के व्यवहार को देखकर ही धर्म का पालन करता हूँ।

''कृष्णे! धर्म का आचरण करना ही मेरा स्वभाव है। इसलिए मैं धर्म के आचरण में ही मन लगाता हूँ। जो मनुष्य बाह्य फल की आशा से धर्म का आचरण करता है वह धर्म का वाणिज्य करने वाला हीन मनुष्य है। धर्म का मर्म जानने वाले लोग ऐसे मनुष्य को जघन्य मानते हैं।

''जो मनुष्य धर्म को दोहना चाहता है, अथवा जो मनुष्य अपनी नास्तिक बुद्धि के वशीभूत होकर धर्म का आचरण करके फिर उसके विषय में सशंक हो उठता है, वह धर्म का फल कभी प्राप्त नहीं कर पाता।''

तदनन्तर युधिष्ठिर धर्म के फल का वर्णन करते हैं। धर्माचरण के फल-स्वरूप मनुष्य के चित्त की शुद्धि होती है तथा उसके अन्तर में शक्ति का प्रादुर्भाव होता है। और यह फल किसी भी बाह्य उपलब्धि की तुलना में अनेक गुणा

अधिक उपादेय है। वे कहते हैं :

प्रत्यक्षं हि त्वया दृष्ट ऋषिर्गच्छन् महातपाः।
मार्कण्डेयोऽप्रमेयात्मा धर्मेण चिरजीविता॥
व्यासो वसिष्ठो मैत्रेयो नारदो लोमशः शुकः।
अन्ये च ऋषयः सर्वे धर्मेणैव सुचेतसः॥
प्रत्यक्षं पश्यसि ह्येतान् दिव्ययोगसमन्वितान्।
शापानुग्रहणे शक्तान् देवेभ्योऽपि गरीयसः॥
एते हि धर्ममेवादौ वर्णयन्ति सदानघे।
कर्त्तव्यममरप्रख्याः प्रत्यक्षागमबुद्धयः॥
अतो नार्हसि कल्याणि धातारं धर्ममेव च।
राज्ञि मूढेन मनसा क्षेप्तुं शंकितुमेव च॥

अर्थात् , "तुमने अप्रमेयात्मा और महातपस्वी मार्कण्डेयजी को, जो अभी-अभी यहाँ से उठकर गए हैं, प्रत्यक्ष देखा हैं। धर्म का आचरण करते रहने के फलस्वरुप ही उनको चिरजीविता प्राप्त हुई है।

"व्यास, वसिष्ठ, मैत्रेय, नारद, लोमश, शुक तथा अन्य समस्त ऋषि-गण धर्म के आचरण से ही शुद्ध-चित्त हुए हैं।

"तुम इन सबको अपनी आँखों से देख रही हो। ये सब दिव्य योग-शक्ति से सम्पन्न हैं, शाप देने तथा अनुग्रह करने में समर्थ हैं, और देवताओं से भी अधिक गौरवशाली हैं।

"अनघे! ये देवताओं के समान प्रख्यात हैं। इन की बुद्धि के समक्ष शास्त्र प्रत्यक्ष है। ऐसे ये ऋषि सदा ही धर्म को ही मनुष्य का प्रथम कर्तव्य मानते हैं।

"अतएव, कल्याणि! महारानी! तुम अपने विमूढ़ हुए मन से धर्म तथा विधाता के प्रति आक्षेप और आशंका निकाल दो।"

जहाँ तक धर्म के आचरण तथा उसके फल का प्रश्न है, वह एक अत्यन्त गूढ़ विषय है। धर्मराज कहते हैं :

कर्मणां श्रुतपुण्यानां पापानां च फलोदयः।
प्रभवश्चात्ययश्चैव देवगुह्यानि भाविनि॥
रक्षान्येतानि देवानां गूढ़माया हि देवताः।
कृताशाश्च व्रताशाश्च तपसा दग्धकिल्बिषाः।

प्रसादैर्मनसैर्युक्ताः पश्यन्त्येतानि वै द्विजाः॥
न फलादर्शनाद् धर्मः शंकितव्यो न देवताः।
यष्टव्यं च प्रयत्नेन दातव्यं चानसूयता॥
कर्मणां फलमस्तीह तथैतद् धर्मशासनम्।
ब्रह्मा प्रोवाच पुत्राणां यदृषिर्वेद कश्यपः॥
तस्माद् ते संशयः कृष्णे नीहार इव नश्यतु।
व्यवस्य सर्वमस्तीति नास्तिक्यं भावमुत्सृज॥

अर्थात् , ''भाविनि! वेदानुकूल पुण्यकर्मों का तथा पापकर्मों का फलोदय, उत्पत्ति और विनाश—ये सब देवगुह्य प्रसंग हैं।

''इन सब विषयों को देवता लोग गुप्त रखते हैं। देवताओं की माया दुर्बोध है। जो मनुष्य आशा का परित्याग कर चुके हैं, जो सात्त्विक आहार करते हैं, जो तपस्या के द्वारा अपने पापों को दग्ध कर चुके हैं, और जो मानस के प्रसाद से युक्त हो गए हैं, वे द्विज लोग ही इस रहस्य को देख पाते हैं।

''धर्म का फल दिखलाई न दे तो इसी कारण न तो धर्म पर शंका करनी चाहिए और न देवताओं पर ही। यत्नपूर्वक यज्ञ करना चाहिए तथा निःशंक होकर दान देना चाहिए।

''धर्मशास्त्र का यह विधान है कि कर्मों का फल यहाँ अवश्य प्राप्त होता है। यह बात ब्रह्माजी ने अपने पुत्रों से कही थी, जिसे कश्यपजी जानते हैं।

''कृष्णे! इसलिए तुम्हारा समस्त संशय नीहार के समान नष्ट हो जाना चाहिए। तुमको यह विश्वास करना चाहिए कि सब-कुछ का अस्तित्व है, और तुम्हें अपनी नास्तिकता का परित्याग कर देना चाहिए।''

: ७ :

यह बात सुनकर धर्म तथा ईश्वर के विषय में तो द्रौपदी का नास्तिक्य नष्ट हो जाता है। किन्तु फिर भी वह विवाद से विरत नहीं होती। वह धर्मराज युधिष्ठिर को पौरुष प्रकट करने के लिए प्रोत्साहित करती है। वह कहती है :

नावमन्ये न गर्हे च धर्मं पार्थ कथंचन।
ईश्वरं कुत एवाहमवमंस्ये प्रजापतिम्॥
आर्ताहं प्रलपामीदमिति मां विद्धि भारत।

भूयश्च विलपिष्यामि सुमनास्त्वं निबोध मे॥

अर्थात्, "पार्थ! मैं धर्म की अवज्ञा तथा विगर्हा किसी प्रकार भी नहीं कर रही। और समस्त प्रजा का पालन करने वाले परमेश्वर की अवज्ञा तो मैं कर ही कैसे सकूँगी?

"भारत! मैं आर्त हूँ। अतएव आप यही समझ लें कि मैं प्रलाप कर बैठी। किन्तु मैं तो फिर भी विलाप ही करूंगी। आप शान्त-चित्त होकर मुझे समझने की चेष्टा कीजिए।"

तब द्रौपदी पौरुष की महिमा का वर्णन करती है। वह कहती है :

कर्म खल्विह कर्तव्यं जानतामित्रकर्शन।
अकर्माणो हि जीवन्ति स्थावरा नेतरे जनाः॥
जङ्गमेषु विशेषेण मनुष्या भरतर्षभ।
इच्छन्ति कर्मणा वृत्तिमवाप्तुं प्रेत्य चेह च॥
उत्थानमभिजानन्ति सर्वभूतानि भारत।
प्रत्यक्षं फलमश्नन्ति कर्मणां लोकसाक्षिकम्॥
यत् स्वयं कर्मणा किंचित् फलमाप्नोति पूरुषः।
प्रत्यक्षमेतल्लोकेषु तत् पौरुषमिति श्रुतम्॥
स्वभावतः प्रवृत्तो यः प्राप्नोत्यर्थं न कारणात्।
तत् स्वभावात्मकं विद्धि फलं पुरुषसत्तम॥
एवं हठाच्च दैवाच्च स्वभावात् कर्मणस्तथा।
यानि प्राप्नोति पुरुषस्तत् फलं पूर्वकर्मणाम्॥
मनसार्थान् विनिश्चित्य पश्चात् प्राप्नोति कर्मणा।
बुद्धिपूर्वं स्वयं वीर पुरुषस्तत्र कारणम्॥
गुणाभावे फलं न्यूनं भवत्यफलमेव च ।
अनारम्भे हि न फलं न गुणो दृश्यते क्वचित्।

अर्थात्, "शत्रुनाशन! ज्ञानी पुरुष को इस संसार में कर्म ही करना चाहिए। जड पदार्थ ही बिना कर्म किए जीवन धारण कर सकते हैं, दूसरे लोग नहीं।

"भरतश्रेष्ठ! जंगम प्राणियों में मनुष्य प्राणी विशेषकर इस लोक में तथा परलोक में कर्म के द्वारा वृत्ति प्राप्त करना चाहते हैं।

"भारत! संसार के समस्त प्राणी अपने उत्थान को समझते हैं। और वे अपने

कर्मों के उस फल का उपभोग करते हैं जिसे समस्त लोक के समक्ष वे अर्जन करते हैं।

"मनुष्य स्वयं कर्म करके समस्त लोक के समक्ष जो कुछ फल प्राप्त करता है उसी को पौरुष कहा गया है।

"नरश्रेष्ठ! जो स्वभाव से ही कर्म में प्रवृत्त होकर धन प्राप्त करता है, किसी अन्य कारण से नहीं, उसकी उस प्राप्ति को स्वभावात्मक समझना चाहिए।

"इस प्रकार हठात्, दैवात् तथा स्वाभाविक कर्म के फलस्वरूप मनुष्य जो कुछ प्राप्त करता है, वह सब उसके पूर्वकर्मों का फल है।

"किन्तु, वीर! अभीष्ट पदार्थों का मन से निश्चय करके, अपने कर्म के बल पर और बुद्धि के प्रयोग से जो कुछ प्राप्त किया जाता है, उसका कारण पुरुष स्वयं होता है।

"कर्म करने में किसी गुण की कमी रह जाने से अल्प फल की प्राप्ति सम्भव है। और यह भी सम्भव है कि फल की प्राप्ति हो ही नहीं। किन्तु यदि कर्म का आरम्भ ही नहीं किया जाए तो न तो किसी फल की प्राप्ति होगी, और न किसी गुण का ही परिचय मिल सकेगा।"

द्रौपदी के कथन का समर्थन भीमसेन करते हैं। वे भी धर्मराज युधिष्ठिर को पौरुष के लिए प्रोत्साहित करते हैं। सर्वप्रथम वे आक्षेप करते हैं कि महाराज युधिष्ठिर की धर्मपरायणता के कारण ही पाण्डव-पक्ष ने अपना राज्य खो दिया। वे कहते हैं :

नैव धर्मेण तद् राज्यं नार्जवेन न चौजसा।
अक्षकूटमधिष्ठाय हृतं दुर्योधनेन वै॥
भवतोऽनवधानेन राज्यं नः पश्यतां हृतम्।
अहार्यमपि शक्रेण गुप्तं गाण्डीवधन्वना॥
यद् वयं न तदैवैतान् धार्तराष्ट्रान् निहन्महि।
भवतः शास्त्रमादाय तन्नस्तपति दुष्कृतम्॥
भवान् धर्मो धर्म इति सततं व्रतकर्शितः।
क्वचिद् राजन् न निर्वेदादापन्नः क्लीबजीविकाम्॥
अस्मानमी धार्तराष्ट्राः क्षममाणानलं सतः।
अशक्तानिव मन्यन्ते तद् दुःखं नाहवे वधः॥

तत्र चेद् युध्यमानानामजिह्ममनिवर्तिनाम्।
सर्वशो हि वधः श्रेयान् प्रेत्य लोकान् लभेमहि॥
अथवा वयमेवैतान् निहत्य भरतर्षभ।
आददीमहि गां सर्वां तथापि श्रेय एव नः॥

अर्थात् , ''दुर्योधन ने हमारे राज्य का हरण करने के लिए न तो धर्म का आश्रय लिया है, न आर्जव का, और न तेज का ही। उसने तो कपटपूर्ण द्यूत का आश्रय लेकर ही हमारे राज्य का हरण किया है।

''हमारा राज्य गाण्डीवधारी अर्जुन के द्वारा संरक्षित था। इन्द्र भी उस राज्य का हरण करने में असमर्थ रहते। किन्तु आपकी असावधानी के कारण हम सबके देखते-देखते उस राज्य का हरण हो गया।

''आपका आदेश मानकर ही हम लोगों ने उसी समय धृतराष्ट्र के पुत्रों का वध नहीं किया। वह दुष्कर्म ही आज हम लोगों के संताप का कारण है।

''राजन्! आप सदा ही 'धर्म...धर्म' की रट लगाते हुए व्रतों का पालन करते रहते हैं। कहीं ऐसा तो नहीं है कि आप इस वैराग्य के कारण नपुंसक-वृत्ति को प्राप्त हो गए हों?

''हम लोग धृतराष्ट्र के पुत्रों के समस्त अपराधों को निरन्तर क्षमा करते रहे हैं। फलस्वरूप वे लोग हम लोगों को असमर्थ-सा मानने लगे हैं। यही हमारे लिए दुःख का विषय है। यदि हम लोग युद्ध में मारे जाते तो इतना दुःख नहीं होता।

''इस अवस्था में यदि हम सब लोग, निष्कपट भाव से युद्ध करते हुए और पश्चात्पद न होते हुए, मृत्यु को प्राप्त हो जाएँ तो वह हमारे लिए कल्याणकारक होगा। युद्ध में वीरगति प्राप्त करके उत्तम लोकों की प्राप्ति तो हो सकेगी।

''अथवा, भरतर्षभ! यदि हम लोग धृतराष्ट्र के पुत्रों का वध करके इस समस्त पृथिवी का आधिपत्य प्राप्त कर लें तो वह भी हमारे लिए श्रेयस्कर होगा।''

भीमसेन की धारणा है कि धर्म का पालन अपने आप में कभी भी साध्य नहीं हो सकता। धर्म को ही एकमात्र साध्य मानकर उसका एकान्त आचरण करना और कष्ट सहन करते रहना अधर्माचरण के समान है। वे कहते हैं :

कर्शनार्थो हि यो धर्मो मित्राणामात्मनस्तथा।
व्यसनं नाम तद् राजन् न धर्मः स कुधर्म तत्॥
सर्वथा धर्मनित्यं तु पुरुषं धर्मदुर्बलं।

त्यजस्तात् धर्मार्थौ प्रेतं
यस्य धर्मो हि धमार्थं क्लेशभा
न स धर्मस्य वेदार्थं सूर्यस्यान्धः प्रभामिव

अर्थात्, "महाराज! जो धर्म अपने लिए तथा अपने मित्रों के ... उत्पन्न करने वाला है, वह तो व्यसन मात्र है। उसको धर्म नहीं कहना चाहिए। वह तो कुधर्म ही है।

"जो पुरुष धर्म को ही नित्य मानता है और जो धर्म का पालन करता-करता दुर्बल हो गया है, उसको धर्म तथा अर्थ, दोनों ही उसी प्रकार सर्वथा त्याग देते हैं, जिस प्रकार कि मृत मनुष्य को सुख और दुःख।

"जिसके धर्म का अनुष्ठान केवल धर्म के लिए ही होता है वह मनुष्य तो केवल क्लेश का ही भागी है। उस मनुष्य को बुद्धिमान नहीं कहा जा सकता। वह उसी प्रकार धर्म के अर्थ को नहीं जानता जिस प्रकार कि कोई अन्धा सूर्य की प्रभा को नहीं देख पाता।"

भीमसेन का मत है कि अर्थ की सिद्धि प्रथमतः किए बिना धर्म की सिद्धि सम्भव नहीं। और अर्थ की सिद्धि केवल धर्म से ही नहीं हो सकती। क्षत्रिय को तो अर्थ की सिद्धि के लिए पौरुष प्रकट करना पड़ता है। वे कहते हैं :

धर्ममूलं जगत् राजन् नान्यद् धर्मात् विशिष्यते।
धर्मश्चार्थेन महता शक्यो राजन् निषेवितुम्॥
न चार्थो भैक्ष्यचर्येण नापि क्लैब्येन कर्हिचित्।
वेत्तुं शक्यः सदा राजन् केवलं धर्मबुद्धिना॥
भैक्ष्यचर्या न विहिता न च विट्शूद्रजीविका।
क्षत्रियस्य विशेषेण धर्मस्तु बलमौरसम्॥
स्वधर्मं प्रतिपद्यस्व जहि शत्रून् समागतान्।
धार्तराष्ट्रवनं पार्थ मया पार्थेन नाशय॥

अर्थात्, "राजन्! धर्म इस जगत् का मूल है। धर्म से बढ़कर इस जगत् में अन्य कुछ भी नहीं है। किन्तु, राजन्! धर्म की सेवा तो विपुल धन के द्वारा ही सम्भव है।

"और, राजन्! धर्म की प्राप्ति न तो भीख माँगने से होती है, और न कायरता दिखलाने से। केवल धर्म का ही आचरण करने से भी धन की प्राप्ति नहीं हो

के लिए न तो भीख माँगना ही विहित है, और न वैश्य अथवा शूद्र ाविका। क्षत्रिय के लिए तो बल तथा उत्साह ही उसका धर्म होते हैं।

"पार्थ ! आप अपने स्वधर्म का आश्रय लीजिए और शत्रुओं के समवाय का वध कीजिए। आप मेरी तथा अर्जुन की सहायता से धृतराष्ट्र-पुत्रों के वन का विनाश करवा डालिए।"

अन्ततः भीमसेन अधर्म की ओर प्रवृत्त हो उठते हैं। वे कहते हैं:

न हि केवल धर्मात्मा पृथिवीं जातु कश्चन।
पार्थिवो व्यजयद् राजन न भूतिं न पुनः श्रियम्॥
जिह्वां दत्वा बहूनां हि क्षुद्राणां लुब्धचेतसाम्।
निकृत्या लभते राज्यमाहारमिव शल्यकः॥
भ्रातरः पूर्वजाताश्च सुसमृद्धाश्च सर्वशः।
निकृत्या निर्जिता देवैरसुराः पार्थिवर्षभ॥
एवं बलवतः सर्वमिति बुद्ध्वा महीपते।
जहि शत्रून महाबाहो परां निकृतिमास्थितः॥

अर्थात्, "महाराज ! केवल धर्म का पालन करने वाले किसी राजा ने न तो कभी जय प्राप्त की है और न ऐश्वर्य तथा लक्ष्मी को ही प्राप्त किया है।

"व्याध लुब्ध-चित्त वाले छोटे-छोटे मृगों को जिह्वा के स्वाद के वशीभूत करके कपट से उनको पकड़ लेता है। उसी प्रकार राजा भी शत्रुओं को प्रतिश्रुति देकर कपट से राज्य प्राप्त करता है।

"नृपश्रेष्ठ ! असुर लोग देवताओं के भाई थे, देवताओं से पूर्व उनका जन्म हुआ था, और वे सब प्रकार से समृद्ध थे। किन्तु देवताओं ने उन असुरों को छल से जीत लिया था।

"महाराज ! इस प्रकार बलवान् का ही सब-कुछ पर अधिकार होता है। अतएव, महाबाहो ! आप भी भरपूर कपट का आश्रय लेकर अपने शत्रुओं का विनाश कीजिए।"

भीमसेन का तर्क-वितर्क सुनकर धर्मराज युधिष्ठिर कहते हैं :

यन्तु नात्मा शक्यते पौरुषेण

मानेन वीर्येण च तात नद्धः।
न ते वाचो भीमसेनाभ्यसूये
मन्ये तथा तद् भवितव्यमासीत्॥
तं सन्धिमास्थाय सतां सकाशे
को नाम जह्यादिह राज्यहेतोः।
आर्यस्य मन्ये मरणाद् गरीयो
यद्धर्ममुत्क्रम्य महीं प्रशासेत्॥
प्रागेव चैवं समयक्रियायाः
किं नाब्रवीः पौरुषमाविदानः।
प्राप्तं तु कालं त्वभिपद्य पश्चात्
किं मामिदानीमतिवेलमात्थ॥
न त्वद्य शक्यं भरतप्रवीर
कृत्वा यदुक्तं कुरुवीरमध्ये।
कालं प्रतीक्षस्व सुखोदयस्य
पक्तिं फलानामिव बीजवापः॥
मम प्रतिज्ञां च निबोध सत्यां
वृणे धर्मममृताज्जीविताच्च।
राज्यं च पुत्राश्च यशो धनं च
सर्वं न सत्यस्य कलामुपैति॥

अर्थात्, ''तात ! किसी विषय में आसक्त हो गए चित्त को पौरुष अथवा मान अथवा पराक्रम से नियन्त्रित नहीं किया जा सकता। अतएव, भीमसेन ! मैं तुम्हारी बात का बुरा नहीं मानता। मैं समझता हूँ कि होनहार ऐसी ही थी।

''मैंने कौरव-सभा में सत्पुरुषों के समक्ष उस सन्धि को स्वीकार किया था। अब क्या मैं राज्य के लिए उस सन्धि को भंग कर दूँ? मेरे मत में तो धर्म का अतिक्रमण करके पृथ्वी का राज्य भोगने की अपेक्षा मृत्यु ही श्रेयस्कर है।

''जब मैं वह सन्धि करने लगा था तो तुमने उसके पूर्व ही ये सब बातें क्यों नहीं कहीं? तुम तो अपने पौरुष से परिचित थे। जब हम ने सन्धि के अनुसार वनवास का काल स्वीकार कर लिया है तो उस स्वीकृति के उपरान्त इस समय तुम मुझ से ये कठोर वचन क्यों कह रहे हो?

"कौरव-वीरों के मध्य मैंने जो प्रतिज्ञा कर ली है, उसको देखते हुए अब इस समय तुम जो कहते हो वह नहीं किया जा सकता। जैसे बीज बोने वाला किसान अपनी खेती के पकने की प्रतीक्षा करता है, उसी प्रकार तुम भी अपने सुख के उदय की प्रतीक्षा करो।

"और मेरी यह पक्की प्रतिज्ञा भी सुन लो। मैं जीवन तथा अमृतत्व की तुलना में धर्म का वरण करता हूँ। राज्य, पुत्र, यश और धन—ये सब तो सत्य की सोलवहीं कला के तुल्य भी नहीं हैं।"

किन्तु भीमसेन का समाधान नहीं होता। वे एक अन्य तर्क प्रस्तुत करते हैं :

निमेषादपि कौन्तेय यस्यायुरपचीयते।
सूच्येवाञ्जनचूर्णस्य किमिति प्रतिपालयेत्॥
यो नूनममितायुः स्यादथवापि प्रमाणवित्।
स कालं वै प्रतीक्षेत सर्वप्रत्यक्षदर्शिवान्॥
प्रतीक्ष्यमाणः कालो नः समा राजंस्त्रयोदश।
आयुषोऽपचयं कृत्वा मरणायोपनेष्यति।।
शरीरिणां ही मरणं शरीरे नित्यमाश्रितम्।
प्रागेव मरणात् तस्माद् राज्यायैव घटामहे॥

अर्थात् , "कौन्तेय! सलाई से थोड़ा-थोड़ा करके उठाए जाने वाले सुरमे के समान एक-एक निमेष में जिसकी आयु क्षीण हो रही हो, वह मनुष्य समय की प्रतीक्षा किस प्रकार कर सकता है?

"समय की प्रतीक्षा करना उसी के लिए सम्भव है जो या तो अमित आयु वाला हो, अथवा प्रमाण का ज्ञाता होने के कारण जिसने सब-कुछ प्रत्यक्ष देख लिया हो।

"राजन्! तेरह वर्ष तक प्रतीक्षा करते हुए हम सब की आयु को क्षीण करने वाला काल हम सब को मृत्यु के समीप पहुँचा देगा।

"देहधारियों की मृत्यु सदा उनकी देह में ही वास करती रहती है। अतएव मृत्यु के पूर्व ही हम लोगों को राज्य की प्राप्ति के लिए प्रयास करना चाहिए।"

इसी तर्क-प्रणाली का अनुसरण करते हुए भीमसेन अपने घोर संताप का वर्णन करते हैं :

हत्वा वै पुरुषो राजन् निकर्तारमरिंदम।

अह्नाय नरकं गच्छेत् स्वर्गेणास्य स सम्मितः ॥
अमर्षजो हि सन्तापः पावकाद् दीप्तिमत्तरः ।
येनाहमभिसन्तप्तो न नक्तं न दिवा शये ॥
अयं च पार्थो वीभत्सुर्वरिष्ठोज्याविकर्षणे।
आस्ते परमसन्तप्तो नूनं सिंह इवाशये ॥

अर्थात् , ''शत्रुदमन नरेश! यदि धोखा देने वाले शत्रु का वध करके पुरुष तुरन्त ही नरक में भी जा गिरे तो उसके लिए वह भी स्वर्ग के समान है।

''अमर्ष के कारण जो सन्ताप होता है, वह आग से भी बढ़कर जलाने वाला होता है। अमर्ष से सन्तप्त होकर मैं न तो रात में सो पाता हूँ, और न दिन में ही।

''यह हमारा भाई अर्जुन धनुष चलाने में सर्वापेक्षा प्रवीण है। किन्तु यह भी अपनी गुफा में बैठे हुए सन्तप्त सिंह के समान परम सन्तप्त होकर बैठा रहता है।''

तदनन्तर भीमसेन महाराज युधिष्ठिर की भर्त्सना करते हैं :

शीलदोषाद् घृणाविष्ट आनृशंस्यात् परंतप।
क्लेशांस्तितिक्षसे राजन् नान्यः कश्चित् प्रशंसति ॥
श्रोत्रियस्येव ते राजन् मन्दकस्याविपश्चितः।
अनुवाहकता बुद्धिर्नैषा तत्वार्थदर्शिनी ॥
घृणी ब्राह्मणरूपोऽसि कथं क्षत्रेऽभ्यजायथा।
अस्यां हि योनौ जायन्ते प्रायशः क्रूरबुद्धयः ॥

अर्थात् ,''परंतप! आपमें शील-रूपी दोष विद्यमान है। आप आनृशंस्य से आविष्ट हैं। आप में नृशंसता का अभाव है। इसीलिए आप ये सब क्लेश सहन कर रहे हैं। किन्तु , राजन्! इसके कारण आपकी कोई प्रशंसा नहीं कर सकता।

''राजन्! आपकी बुद्धि एक मन्दमेधा और अज्ञानी श्रोत्रिय की बुद्धि के समान है। शास्त्र के शब्द-मात्र की रट लगाते रहने के कारण आप की बुद्धि जड़ हो गई है। अतएव वह बुद्धि तत्त्वार्थ को नहीं देख पाती।

''आप तो दयालु ब्राह्मण-रूप हैं। आपका जन्म क्षत्रिय-वंश में न जाने कैसे हो गया। कारण, क्षत्रिय की योनि में तो प्रायः क्रूरबुद्धि लोगों का ही जन्म होता है।''

भीमसेन के मत में यदि युधिष्ठिर अपनी प्रतिज्ञा को पूरी करना चाहें तो वे भी

नहीं कर सकते। वे युक्ति प्रस्तुत करते हैं :

तृणानां मुष्टिनैकेन हिमवन्तं च पर्वतम्॥
छन्नमिच्छसि कौन्तेय योऽस्मान् संवर्तुमिच्छसि।

अर्थात् , ''कौन्तेय! जिस प्रकार हिमवान् पर्वत को एक मुट्ठी तिनकों के द्वारा छुपाना असम्भव है, उसी प्रकार आपके लिए अज्ञातवास के तेरहवें वर्ष में हमारे जैसे प्रसिद्ध पुरुषों को छुपाकर रखना असम्भव रहेगा।''

अन्ततः भीमसेन अपने अग्रज को परामर्श देते हैं :

अस्माभिरुषिताः सम्यग् वने मासास्त्रयोदश।
परिमाणेन तान् पश्य तावतः परिवत्सरान्॥
अस्ति मासः प्रतिनिधिर्यथा प्राहुर्मनीषिणः।
पूतिकामिव सोमस्य तथेदं क्रियतामिति॥
अथवानडुहे राजन् साधवे साधुवाहिने।
सौहित्यदानादेतस्मादेनसः प्रतिमुच्यते॥

अर्थात् , ''हम लोगों ने अभी तक इस वन में पूरे तेरह मास का वास व्यतीत कर लिया है। आप इन्हीं तेरह महीनों को तेरह वर्ष का परिमाण मान लीजिए।

''मनीषी लोगों का कथन है कि मास संवत्सर का प्रतिनिधि है। जिस प्रकार सोमलता के स्थान पर पूतिका यज्ञ में काम देती है, उसी प्रकार आप तेरह वर्ष के स्थान में तेरह मास मान लीजिए।

''अथवा, राजन्! भलीभाँति भार वहन करने वाले उत्तम बैल को भरपेट भोजन दे देने पर आपको इस पाप से मुक्ति मिल सकती है।''

धर्मराज युधिष्ठिर ने देख लिया कि भीमसेन धर्म के प्रमाण को कोई प्रमाण नहीं मानते। अतएव उन्होंने अपने मन-ही-मन में विचार किया :

श्रुता मे राजधर्माश्च वर्णानां च विनिश्चयाः।
आयत्यां च तदात्वे च यः पश्यति स पश्यति॥
धर्मस्य जानमानोऽहं गतिग्र्यां सुदुर्विदाम्।
कथं बलाद् करिष्यामि मेरोरिव विमर्दनम्॥

अर्थात् , ''राजाओं के धर्म तथा वर्णों के सुनिश्चित सिद्धान्त मैंने सुने हैं। किन्तु जो मनुष्य भविष्य तथा वर्तमान, दोनों पर ही दृष्टि रखता है वही यथार्थदर्शी है।

"धर्म की श्रेष्ठ गति अत्यन्त दुर्बोध है। उसको जानता हुआ भी मैं किस प्रकार बलपूर्वक मेरु के समान महान् धर्म का मर्दन करने के लिए कृत-मनोरथ हो जाऊँ?"

तब वे भीमसेन को राजनीति की बात समझाते हैं। उन्होंने कहा कि कौरव-पक्ष अत्यन्त सबल है, इसलिए पूर्ण पराक्रम करके भी इस समय उसका पराभव सम्भव नहीं। कौरव-पक्ष के बल का परिमाण सुनकर भीमसेन उदास और त्रस्त हो गए, और उस समय उन्होंने कुछ नहीं कहा। पाण्डव-पक्ष को प्रबल बनाने की दृष्टि से धर्मराज ने दिव्य शस्त्रास्त्रों का संग्रह करने के लिए अर्जुन को इन्द्रलोक की ओर भेज दिया।

किन्तु कुछ दिन उपरान्त, जब पाण्डव-गण काम्यक-वन में निवास करने लगे तो वहाँ पर एक दिन भीमसेन ने फिर वही पुराना तर्क-वितर्क प्रस्तुत किया। वे अपनी बात कह ही रहे थे कि महर्षि बृहदश्व वहां आ पहुँचे। धर्मराज ने वह समस्या महर्षि के सामने रख दी, और उस समस्या का समाधान करने के लिए ही बृहदश्व ने नलोपाख्यान सुनाया।

इस प्रकार नलोपाख्यान का "धार्मिकम्" होना सिद्ध होता है। नलोपाख्यान सुनाकर बृहदश्चव कहते हैं :

इतिहासमिमं चापि कलिनाशनमच्युत।
शक्यमाश्वसितुं श्रुत्वा त्वद्विधेन विशाम्पते॥
अस्थिरत्वं च संचिन्त्य पुरुषार्थस्य नित्यदा।
तस्योदये व्यये चापि न चिन्तयितुमर्हसि॥
श्रुत्वेतिहासं नृपते समाश्वसिहि मा शुचः।
व्यसने त्वं महाराज न विषीदितुमर्हसि॥
विषमावस्थिते दैवे पौरुषेऽफलतां गते।
विषादयन्ति नात्मानं सत्त्वोपाश्रयिणो नराः॥

अर्थात्, "महाराज! तुम्हारे समान लोगों को यह कलिनाशक इतिहास सुनकर आश्वासन प्राप्त हो सकता है।

"पुरुषार्थ का फल तो सदा ही अस्थिर है। उसके इस अस्थिरत्व का चिन्तन करके उसकी प्राप्ति अथवा हानि के विषय में चिन्ता नहीं करनी चाहिए।

"राजन्! इस इतिहास को सुनकर तुम आश्वस्त हो जाओ, और शोक मत

करो। महाराज! संकट के समय विषाद-ग्रस्त होना उचित नहीं।

"जिस समय दैव प्रतिकूल हो और पुरुषार्थ विफल हो जाए, उस समय भी सत्त्वगुण का आश्रय लेने वाले पुरुष अपने मानस को विषादग्रस्त नहीं करते।"

संकट के समय विषादग्रस्त होने वाला मनुष्य शीघ्र ही स्वधर्म से स्खलित होने लगता है। श्रीमद् भगवद्गीता में भी इसीलिए पहिले अध्याय का नाम अर्जुनविषादयोग है।

: ८ :

नलोपाख्यान तथा उस उपाख्यान की यह विस्तरशः भूमिका पाठकों के सामने प्रस्तुत करने का एक अन्य आशय भी हमारे मन में है। हम चाहते हैं कि नलोपाख्यान के सौष्ठव तथा रसामृत का आस्वादन करने वाले पाठक महाभारत के अपरिमेय अम्बुधि में अवगाहन करने के लिए प्रेरणा प्राप्त करें। महाभारत के समान विमल तथा अध्यात्म-तत्त्व और धर्म-तत्त्व की विशद व्याख्या प्रस्तुत करने वाला कोई अन्य ग्रन्थरत्न इस संसार में अनुपलब्ध है।

भारतवर्ष के कविकुल-गुरु कालिदास का अभिज्ञान-शाकुन्तलम् नाटक महाभारत की एक कथा के आधार पर ही सृष्ट हुआ है। संस्कृत साहित्य में जिन पाँच महाकाव्यों का गुणगान किया जाता है उनमें से भी तीन की रचना महाभारत के विविध उपाख्यानों का आश्रय लेकर की गई है। महाकवि माघ का शिशुपालवधम् सभापर्व के ४० वें अध्याय से लेकर ४५ वें अध्याय तक कही जाने वाली कथा पर आश्रित है। महाकवि भारवि का किरातार्जुनीयम् वनपर्व के ३८ वें अध्याय से लेकर ४१ वें अध्याय तक आने वाले कैरातपर्व पर अवलम्बित है। और नलोपाख्यान का आश्रय लेकर श्रीहर्ष ने नैषधचरित् की रचना की है।

महाभारत की मनीषा के पुनरोत्थान का प्रयत्न हमारे युग के कई-एक भारतीय मनीषियों ने किया है। उनमें श्री अरविन्द का नाम अग्रगण्य है। उनकी तत्त्वमीमांसा तथा योगसाधना की प्रेरणा का मूल महाभारत में ही मिलता है। महाभारत के अन्तर्गत आने वाले सावित्री-सत्यवान् उपाख्यान को लेकर ही श्री अरविन्द ने 'सावित्री' नामक अंग्रेज़ी महाकाव्य की रचना की है। जो पाठक अंग्रेज़ी काव्य का रसास्वादन करना तथा एक अप्रितम अध्यात्म का परिचय प्राप्त करना चाहते हैं, वे इस महाकाव्य को अवश्य पढ़ें। महाभारत की मनीषा को

यथा समुद्रो भगवान् यथा मेरुर्महागिरिः।
उभौ ख्यातौ रत्ननिधी तथा भारतमुच्यते॥
धर्मे अर्थे च कामे च मोक्षे च भरतर्षभ।
यदिहास्ति तदन्यत्र यन्नेहास्ति न तत् क्वचित्॥

अर्थात् ,''जिस प्रकार भगवान् समुद्र तथा महागिरि मेरु, दोनों ही रत्नों की निधि के नाम से विख्यात हैं, उसी प्रकार महाभारत भी ज्ञान की निधि के रूप में विख्यात है। भरतश्रेष्ठ! धर्म, अर्थ, काम तथा मोक्ष के विषय में जो महाभारत में मिलता है वह अन्यत्र भले ही मिल जाए, किन्तु जो महाभारत में नहीं है वह अन्यत्र कहीं भी नहीं है।''

: १० :

महाभारत को मूल संस्कृत में (चार भाग) तथा मूल संस्कृत को हिन्दी अनुवाद सहित (छः खण्ड) छाप कर गीता प्रेस ने मानव-समाज की महान् सेवा की है। प्रस्तुत पुस्तक में नलोपाख्यान का हिन्दी अनुवाद प्रस्तुत करने में गीताप्रेस के हिन्दी अनुवाद से विशेष सहायता ली गई, जिसके लिए हम गीताप्रेस के आभारी हैं। नलोपाख्यान के अध्यायों का संख्याक्रम हमने महाभारत के संख्याक्रम के अनुसार न रखकर १ से २८ कर दिया है।

द्वितीय ज्येष्ठ कृष्णा सप्तमी, **सीताराम गोयल**
सम्वत् २०१८।

नल-दमयन्ती

१

जनमेजय ने वैशम्पायन से पूछा :—ब्रह्मन्! महात्मा अर्जुन तो अस्त्रादि प्राप्त करने के लिए इन्द्रलोक चले गए। तब युधिष्ठिर आदि अन्यान्य पाण्डवों ने क्या किया?

वैशम्पायन ने उत्तर दिया :– राजन्! महात्मा अर्जुन जब अस्त्रादि प्राप्त करने के लिए इन्द्रलोक चले गए तब भरत–कुल के वे ऋषभ (अर्थात् पाण्डव–गण) कृष्णा (द्रौपदी) के साथ काम्यक–वन में वास करने लगे।

तब एक दिन भरतवंश के वे श्रेष्ठ पुरुष कृष्णा के साथ एक एकान्त तथा पवित्र स्थान में उपासीन हुए। उस स्थान में हरी–हरी घास उगी हुई थी। पाण्डव–गण दुःख से आर्त थे। वे लोग धनञ्जय (अर्जुन) के लिए चिन्ता करते हुए अश्रु–गद्गद् तथा अत्यन्त दुःखित हो गए थे। धनञ्जय के वियोग ने उन लोगों को पूर्णतया शोक के प्लावन में मग्न कर दिया था। वे लोग धनञ्जय के वियोग से दुःखित तो थे ही, राज्य की हानि का स्मरण करके वे लोग और भी दुःखित हो गए।

तब महाबाहु भीम ने युधिष्ठिर से कहा : "महाराज! अर्जुन में हम सब पाण्डु–पुत्रों के प्राण प्रतिष्ठित हैं। भरत–कुल का वह ऋषभ आपके ही आदेश से गया है। यदि अर्जुन का अहित हो गया तो इसमें कोई संशय नहीं कि हम सब लोग, पुत्रों के सहित पाञ्चाल–गण, सात्यकि तथा वासुदेव भी नष्ट हो जाएँगे।

"वह धर्मात्मा अर्जुन जानता था कि उसको अनेक क्लेश सहन करने पड़ेंगे। फिर भी आपके आदेश से वह चला गया। इससे बढ़कर दुःखदायक प्रसंग और क्या होगा?

"उसके बाहुबल का आश्रय लेकर ही हम सब लोग यह समझते रहे हैं कि हमारे शत्रुगण संग्राम में पराजित हो गए, और हम लोगों ने समस्त धरा का आधिपत्य पा लिया।

"उस दिन मैं सभा के बीच में ही शकुनि–सहित समस्त धृतराष्ट्र–पुत्रों को यमलोक पठा सकता था। किन्तु धनुर्धारी अर्जुन की बात मानकर ही मैंने वैसा नहीं किया।

"हम सब लोग बाहुबल से सम्पन्न हैं। भगवान् वासुदेव हम लोगों के

संरक्षक हैं। फिर भी केवल आपके आदेश से हम लोग अपने उभरे हुए क्रोध को दबा लेते हैं।

"हम लोग श्रीकृष्ण की सहायता से कर्ण इत्यादि समस्त शत्रुओं को मार सकते हैं। हम लोग अपने बाहुबल से जीती हुई समस्त वसुन्धरा पर राज्य कर सकते हैं।

"आपके जुआ खेलने के कारण हम लोग पौरुष से युक्त होते हुए भी दीन बन गए हैं। और वे मूर्ख कौरव, राजाओं द्वारा दी गई भेंट में प्राप्त हुए धन से सम्पन्न होकर, और भी अधिक बलशाली हो गए हैं।

"महाराज! आप तनिक क्षात्र-धर्म की ओर भी तो ध्यान दीजिए। क्षत्रिय के लिए यह धर्मयुक्त नहीं कि वह वनवास में रहे।

"विद्वान् लोगों का मत है कि राज्य करना ही क्षत्रिय का सवश्रेष्ठ धर्म है। आप तो क्षात्र-धर्म के जानने वाले राजा हैं। आप धर्म के मार्ग से स्खलित न हों।

"राजन्! बारह वर्ष व्यतीत होने के पूर्व ही हम लोग वन से लौट सकते हैं। हम लोग अर्जुन तथा जनार्दन को बुलाकर धृतराष्ट्र के पुत्रों का संहार कर सकते हैं।

"महाराज! धृतराष्ट्र के पुत्र कितनी ही सेनाओं को साथ लेकर व्यूह-रचना क्यों न कर लें, महामते! मैं उनको तुरन्त ही यमलोक पठा सकता हूँ। प्रजापते! मैं शकुनि के सहित समस्त धृतराष्ट्र-पुत्रों को मार गिराऊँगा। दुर्योधन अथवा कर्ण अथवा जो भी कोई अन्य पुरुष मुझसे युद्ध करेगा वही मारा जाएगा।

"मेरे द्वारा शत्रुओं का संहार हो जाने पर आप वन से लौट आइएगा। प्रजापते! ऐसा करने से आपको कोई दोष नहीं लगेगा।

"तात! शत्रुदमन! महाराज! अपने द्वारा किये गए इस पाप का प्रायश्चित्त विविध यज्ञों के अनुष्ठान द्वारा करके हम लोग उत्तम स्वर्गलोक में चले जाएँगे।

"राजन्! आप हमारे धर्मपरायण राजा हैं। यदि यह कार्य सम्पन्न हो जाए तो हमारे राजा को कोई मूर्ख नहीं कह पाएगा, और न ही हम लोग दीर्घसूत्री कहलाएँगे।

"यह निश्चित है कि कपट का व्यवहार करने वाले तथा कपट-बुद्धि रखने वाले लोगों का संहार होना चाहिए। कपटी को यदि कपटता का प्रयोग करके मार डाला जाए तो वह पापकर्म नहीं कहलाता।

''भारत! महाराज! धर्मों के प्रसंग में धर्मज्ञ लोगों द्वारा इस लोक में एक दिवस-रात्रि को एक संवत्सर के समान समझा जाता है।

''प्रभो! महाराज! इसी प्रकार ही वेद का यह वचन सदैव सुना जाता है कि कृच्छ्रव्रत के अनुष्ठान से एक संवत्सर पूरा हो जाता है।

''अच्युत! आप यदि वेदों को प्रमाण मानते हैं तो निश्चय-पूर्वक यह मान लीजिए कि तेहरवें दिन के बीतते ही तेरह वर्ष का काल व्यतीत हो चुका।

''शत्रुदमन! सगे-सम्बन्धियों सहित दुर्योधन के संहार का समय आ गया। राजन्! इसके पूर्व कि वह समस्त पृथिवी को एकतन्त्र में बाँध ले हमें यह कार्य पूरा कर देना चाहिए।

''राजेन्द्र! जूए के खेल में आसक्त होकर आपने ऐसा अनर्थ कर डाला कि हम सब लोगों को प्राय: अज्ञातवास में लाकर पटक दिया।

''मैं ऐसे किसी देश को नहीं जानता जहाँ पर वह दुर्जन और दुष्टात्मा दुर्योधन अपने गुप्तचरों की सहायता से हम लोगों का सन्धान नहीं पा सकेगा।

''वह नीच नराधम हम सब लोगों का सन्धान पाकर हमें फिर इस वनवास में भेज देगा।

''और यदि वह पापात्मा यह देखेगा कि हम लोगों ने किसी प्रकार अपने अज्ञातवास की अवधि को पूरा कर लिया है तो वह फिर आपको जूए के लिए ललकारेगा।

''महाराज! आप एक बार जूए के दुष्परिणाम से परित्राण पा गए थे। किन्तु आप फिर जूआ खेल बैठे। आपको यदि फिर से जूए के लिए आमन्त्रित किया गया तो आप मुख नहीं मोड़ेंगे।

''महाराज! आपको भलीभाँति ज्ञात है कि वह विवेकशून्य शकुनि पाँसे फैंकने की कला में कितना कुशल है। अतएव आप फिर वनवास के लिए विवश हो जाएँगे।

''महाराज! यदि आप हम लोगों को दीन-हीन ही बनाना चाहते हैं तो आप आजीवन और पूर्ण-प्रकारेण वेदानुकूल धर्मों की ओर ही ध्यान दीजिए।

''यह निश्चित है कि कपटी को कपट का प्रयोग करके मार डालना चाहिए। यदि आप मुझे आज्ञा दें तो मैं जाकर अपनी शक्ति के अनुसार उस मन्दबुद्धि दुर्योधन को इस प्रकार मार गिराऊँगा जिस प्रकार अग्नि वातास की सहायता

पाकर तृणराशि को भस्म कर डालती है। अतएव आप मुझको आज्ञा दे दीजिए।''

वैशम्पायन बोले :—जनमेजय! धर्मराज युधिष्ठिर ने इस प्रकार के वचन कहने वाले भीमसेन को सान्त्वना देते हुए उस पाण्डव का मस्तक सूँघकर कहा :

''महाबाहो! इस बात में कोई संशय नहीं कि तेरह वर्ष पूरे हो जाने पर तुम गाण्डीवधारी अर्जुन को साथ लेकर दुर्योधन को मार गिराओगे।

''किन्तु , हे शक्तिमान् कुन्तीकुमार! तुम जो यह कहते हो कि वह समय आ गया है, सो मैं यह स्वीकार नहीं कर सकता। मैं मिथ्याभाषण नहीं कर सकता। यह मेरा स्वभाव नहीं है।

''कौन्तेय! तुम तो दुर्धर्ष वीर हो। कपट का आश्रय लिए बिना भी तुम उस पापनिश्चय दुर्योधन का उसके सगे-सम्बन्धियों सहित संहार कर सकते हो।''

धर्मराज युधिष्ठिर भीमसेन को इस प्रकार के वचन कह ही रहे थे कि महाभाग, महर्षि बृहदश्व वहाँ आ पहुँचे।

धर्मात्मा धर्मराज ने उन धर्मचारी महर्षि को आया देखकर शास्त्र-विधि के अनुसार मधुपर्क प्रस्तुत करके उनकी पूजा की।

महर्षि आश्वस्त होकर बैठ गए। तब महाबाहु युधिष्ठिर ने भी उनके समीप बैठकर, उनकी ओर देखते हुए, अत्यन्त विनयपूर्ण वचन कहे :

''भगवन्! मैं शठबुद्धि, धूर्त तथा पाँसे फैंकने की कला में कुशल लोगों द्वारा जूए के लिए आमन्त्रित किया गया। उन लोगों ने मेरे समस्त धन तथा राज्य का अपहरण कर लिया।

''मैं पाँसे फैंकने की कला से अभिज्ञ नहीं हूँ। फिर भी उन शठबुद्धि पापात्माओं ने मेरी प्राणों से भी प्रियतर पत्नी को भरी सभा में खींच मँगाया।

''एक बार बच जाने पर उन लोगों ने मुझको फिर जूए के लिए आमन्त्रित किया। और उन लोगों ने मुझको जीतकर, मृगचर्म पहिनाकर, वनवास का दारुण दुःख भोगने के लिए इस बीहड़ वन में निर्वासित कर दिया।

''मैं अत्यन्त दुखित होकर इस कठोर वनवास के दिन काट रहा हूँ। जूआ हार जाने के उपरान्त प्रतिपक्ष के लोगों ने मुझसे अत्यन्त कठोर बातें कही थीं। दुःख से अधीर बने हुए मेरे अपने आत्मीय लोगों ने भी, जूए का उल्लेख करते हुए, मुझसे संताप-सूचक बातें कहीं हैं। वे सब बातें मेरे अन्तर में अवस्थित हैं। मैं उन बातों का स्मरण करता हुआ रात-रात भर चिन्ता में निमग्न रहता हूँ।

"और जिस गाण्डीवधारी अर्जुन में हम सब लोगों के प्राण पड़े रहते हैं, उस महात्मा के चले जाने के उपरान्त तो मैं प्राणहीन-सा हो गया हूँ।

"मैं सतत् ही अर्जुन का स्मरण करता हुआ यही सोचा करता हूँ कि वह प्रियवादी, महामना और दयालु अर्जुन कब अस्त्रविद्या सीखकर लौटेगा, और कब मैं फिर से उसका मुख देख पाऊँगा।

"क्या इस धरती के तल पर मुझ-जैसा अभागा राजा कोई और भी है ? क्या आपने मुझ-जैसे किसी अभागे राजा को पहले कभी देखा है ? अथवा क्या आपने मुझ-जैसे किसी अभागे राजा का इतिहास सुना है ? मेरा तो यह विश्वास बन चला है कि मुझसे बढ़कर दुखी मनुष्य दूसरा कोई नहीं है।"

बृहदश्व बोले : "महाराज! पाण्डुनन्दन! तुम जो कह रहे हो कि तुमसे बढ़कर दुखी मनुष्य कहीं भी कोई दूसरा नहीं है, सो मैं तुमको एक इतिहास सुनाता हूँ। पृथिवीपते! अनघ! यदि तुम सुनने के लिए प्रस्तुत हो तो मैं तुमको उस राजा का इतिहास सुनाऊँगा जो तुमसे भी बढ़कर दुखी था।"

वैशम्पायन बोले :—जनमेजय! तब राजा युधिष्ठिर ने बृहदश्व से कहा :

"भगवन्! आप वह इतिहास अवश्य सुनाइए। जो राजा मुझ जैसी अवस्था को प्राप्त हो गया था, उसका इतिहास मैं सुनना चाहता हूँ।"

बृहदश्व बोले : "राजन्! अच्युत! तुम अपने भाइयों सहित सावधान होकर सुनो। पृथिवीपते! जो राजा तुमसे भी बढ़कर दुखी था उसका वृत्तान्त सुनाता हूँ।

"यह इतिहास है कि निषध देश में वीरसेन नाम के एक राजा थे। उनके नल नाम के एक पुत्र हुए जो धर्म तथा अर्थ के तत्त्वज्ञ थे।

"हमने सुना है कि राजा नल को उसके भाई पुष्कर ने कपटपूर्ण जूए के खेल में जीत लिया था। और दु:ख से अत्यन्त आर्त राजा नल ने अपनी भार्या के साथ वनवास का कष्ट सहा था।

'राजन्! वन में वास करते हुए उस राजा नल के पास न नौकर रह गए थे, न रथ, न भाई, न बान्धव।

"तुम तो अपने देवतुल्य और पराक्रमी भाइयों से घिरे बैठे हो। और तुम्हारे साथ ब्रह्मा के समान तेजस्वी ब्राह्मण निवास कर रहे हैं। अतएव तुमको शोक नहीं करना चाहिए।"

युधिष्ठिर ने कहा : "श्रेष्ठ मुने! मैं उस महात्मा नल का चरित् विस्तार के साथ

सुनना चाहता हूँ। आप कृपा करके वह आख्यान मुझे सुनाइए।''

२

बृहदश्व ने कहा : ''धर्मराज! वीरसेन के पुत्र नल नाम के एक बलवान् राजा थे। वे शुभ गुणों से सम्पन्न थे। वे रूपवान् और अश्वसंचालन की कला में कुशल थे।

''वे समस्त राजाओं के शिरमौर थे—उसी प्रकार जैसे इन्द्र समस्त देवताओं के शिरमौर हैं। तेज में वे सूर्य के समान सर्वोपरि थे। निषध देश के वे महीपति बड़े ब्राह्मण-भक्त, वेदवेत्ता, जूआ खेलने के रसिक, सत्यवादी तथा एक अक्षौहिणी सेना के स्वामी थे। वे श्रेष्ठ स्त्रियों द्वारा अभीप्सित, उदार, जितेन्द्रिय, प्रजा की रक्षा करने वाले, धनुर्धरों में सर्वश्रेष्ठ तथा साक्षात् मनु के समान थे।

''इसी प्रकार उन दिनों विदर्भ देश में महापराक्रमी राजा भीम राज्य करते थे। वे शूरवीर तथा सर्वगुण-सम्पन्न थे। किन्तु उनके कोई सन्तान नहीं थी। अतएव वे सदा ही सन्तान प्राप्त करने की कामना करते रहते थे।

''भारत! राजा भीम ने अत्यन्त एकाग्र-चित्त होकर संतान प्राप्ति के लिए परम प्रयत्न किया। उन्हीं दिनों उनके पास दमन नाम के ब्रह्मर्षि पधारे।

''राजेन्द्र! धर्म के ज्ञाता तथा संतान की कामना करने वाले राजा भीम ने अपनी महिषी को साथ लेकर उन महातेजस्वी ऋषि का सत्कार किया।

''महायशस्वी दमन ने राजा पर प्रसन्न होकर भार्या-सहित उनको वर दिया कि उनके घर में तीन उदार पुत्र तथा एक कन्यारत्न जन्म लेंगे।

''कन्या का नाम दमयन्ती था और पुत्रों के नाम थे दम, दान्त तथा दमन। वे सभी तेजस्वी थे। राजा के तीनों पुत्र सर्व-गुण-सम्पन्न, महावीर तथा अत्यन्त पराक्रमी थे।

''कृश कटि वाली दमयन्ती अपने रूप, तेज, यश, सौष्ठव तथा सौभाग्य के कारण तीनों लोकों में विख्यात यशस्विनी हो गई।

''जब उसने युवावस्था में पदार्पण किया तब सौ-सौ दासियाँ तथा सौ-सौ सखियाँ, सम्यक् रूप से अलंकृत होकर, उसकी सेवा में प्रस्तुत रहने लगीं। मानो

देवांगनाएँ शची की उपासना कर रही हों।

"अनवद्य अङ्गों वाली भीमकुमारी दमयन्ती, सब प्रकार के आभरणों से विभूषित होकर, अपनी सखियों के बीच उसी प्रकार शोभायमान होती थी जैसे मेघमाला के बीच विद्युत् शोभायमान होती है।

"वह लक्ष्मी के समान रूप की पराकाष्ठा में प्रतिष्ठित थी। उसके नयन विशाल थे। देवताओं तथा यक्षों के बीच भी वैसी सुन्दरी कहीं देखने में नहीं आती थी। मनुष्यों के बीच तथा अन्य योनियों में तो वैसी सुन्दरी इसके पूर्व न कभी देखी गई थी, न सुनी गई थी। उस बाला को देखने से ही सब का चित्त प्रसन्न हो जाता था। वह देवताओं की स्त्रियों की अपेक्षा भी अधिक सुन्दरी समझी जाती थी।

"नरशार्दूल नल भी इस लोक के मनुष्यों में अप्रतिम रूपवान् थे। उनका रूप देखकर ऐसा जान पड़ता था मानो नल के आकार में स्वयं कामदेव ही मूर्तिमान हो उठे हैं।

"लोग कौतूहल-वश दमयन्ती के समीप नल की प्रशंसा करते थे, और निषधराज नल के निकट बार-बार दमयन्ती के सौन्दर्य की सराहना करते थे।

"कौन्तेय! इस प्रकार निरन्तर एक-दूसरे के गुणों की चर्चा सुनते-सुनते उन दोनों के बीच, एक-दूसरे को देखे बिना ही, प्रेम का प्रादुर्भाव हो गया। और उन दोनों की वह कामना दिन-प्रतिदिन बढ़ती ही चली गई।

"तब राजा नल उस कामवेदना को अपने अन्तर में छुपाकर रखने में असमर्थ हो गए। वे अपने अन्तःपुर के समीपवर्ती उपवन में जाकर एकान्त में बैठ गए।

"तदुपरान्त उन्होंने उस उपवन में विचरण करते हुए कुछ हंसों को देखा। उन हंसों का रंग-रूप सुवर्ण के समान परिष्कृत था। नल ने उनमें से एक पक्षी को पकड़ लिया।

"तब उस आकाश-चारी हंस ने राजा नल को सम्बोधित किया—'राजन्! आप मुझे मारें नहीं। मैं आपके द्वारा अभीप्सित कार्य करूँगा। निषध-नरेश! मैं दमयन्ती के पास जाकर आपकी ऐसी प्रशंसा करूँगा कि वह आपके अतिरिक्त किसी अन्य पुरुष को कभी अपने मन में स्थान नहीं देगी।'

"हंस के ऐसा कहने पर राजा नल ने उसको छोड़ दिया। तब वे सारे हंस उड़कर विदर्भ देश में जा पहुँचे।

''विदर्भ-देश की राजधानी में जाकर वे सब हंस दमयन्ती के समीप धरा पर उतर गए। दमयन्ती ने भी उन विलक्षण पक्षियों को देख लिया।

''सखियों से घिरी हुई दमयन्ती उन पक्षियों को देखकर बहुत प्रसन्न हुई और वह तुरन्त ही उनको पकड़ने का प्रयत्न करने लगी।

''तब वे हंस उस प्रमदवन में चारों ओर फैल गए। और वहाँ पर विद्यमान समस्त कुमारियाँ एक-एक करके उन सभी हंसों का पीछा करने लगीं।

''दमयन्ती जिस हंस के पीछे दौड़ रही थी, उसने मनुष्य की वाणी का अवलम्बन लेकर दमयन्ती से कहा—'दमयन्ति! निषध देश में नल नाम के नृप हैं। रूप में वे अश्विनीकुमारों के समान सुन्दर हैं। मनुष्यों में तो उनके समान अन्य कोई है ही नहीं। सुन्दरि! ऐसा प्रतीत होता है कि मानो स्वयं कामदेव ही नल का रूप धारण करके मूर्तिमान हो उठे हैं। सुमध्यमे! यदि तुम उनकी भार्या बन जाओ तो तुम्हारा जन्म तथा रूप, दोनों सफल हो जाएँगे। हम लोगों ने देव, गंधर्व, मनुष्य, नाग तथा राक्षस देखे हैं, किन्तु हम लोगों ने उनके समान कोई पुरुष इसके पूर्व नहीं देखा। तुम रमणी-संसार में रत्नरूपा हो, और राजा नल पुरुषों में रत्न के समान हैं। विशिष्ट नारी के साथ विशिष्ट पुरुष का समागम बहुत गुणकारी होता है।'

''राजन्! हंस के यह कहने पर दमयन्ती ने उससे कहा—'हंस! तुम नल के पास भी जाकर इसी प्रकार की बातें कहना।'

''राजन्! विदर्भराज की पुत्री को 'तथास्तु' कहकर वह हंस फिर निषध देश में आया, और उसने नल के निकट यह समस्त वृत्तान्त निवेदन कर दिया।''

३

बृहदश्व बोले : ''भारत! दमयन्ती ने जब से हंस की बातें सुनीं थीं तब से नल के प्रति अनुरक्त हो जाने के कारण वह अस्वस्थ रहने लगी थी।

''तदुपरान्त वह सदा ही नल का चिन्तन करती रहती थी। उसके स्वभाव में दैन्य आ गया था। उसके मुख का रंग फीका पड़ गया था। वह दिन-दिन दुबली होने लगी थी। वह हर समय दीर्घ नि:श्वास छोड़ती रहती थी।

"नल के ध्यान में लीन होकर वह ऊपर की ओर निहारती रहती थी। देखने में वह उन्मत्त-सी प्रतीत होती थी। उसका शरीर पीला पड़ने लगा था। कामवेदना के आधिक्य से उसकी चेतना प्रतिक्षण में विलुप्त-सी होती जाती थी।

"उसके लिए न सोने में कोई रस रह गया था, न बैठने में, और न किसी प्रकार के किसी उपभोग में। वह न तो रात को सोती थी, और न ही दिन को। और वह बार-बार 'हा-हा' करके रो उठती थी।

"उसकी उस अस्वस्थ अवस्था को उसकी सखियों ने उसके विविध इंगितों द्वारा समझ लिया। तब दमयन्ती की सखियों ने विदर्भराज को दमयन्ती की उस अवस्था के विषय में सूचना दे दी।

"दमयन्ती की सखियों से यह समाचार सुनकर राजा भीम चिन्तित हो गए। वे जानना चाहते थे कि वह कौन-सा महत्वपूर्ण कार्य है जो उनको अपनी पुत्री के सुख के लिए करना चाहिए। वे यह भी जानना चाहते थे कि कौन-से कारणवश उनकी दुहिता स्वस्थ-सी नहीं दिखलाई पड़ती।

"बहुत-कुछ सोच-विचार कर लेने पर वे राजा समझ गए कि उनकी पुत्री प्राप्त-यौवना हो गई है। और दमयन्ती का स्वयम्वर रचाना ही उनको अपना विशेष कर्त्तव्य जान पड़ा।

"राजन्! विदर्भराज ने सब राजाओं को इस प्रकार आमन्त्रित किया—'वीरो! हमारे यहाँ कन्या का स्वयम्वर है। आप लोग स्वयम्वर में पधार कर इस उत्सव का आनन्द उठाएँ।'

"यह समाचार सुनकर कि दमयन्ती का स्वयम्वर होने वाला है और राजा भीम का वह महत्वपूर्ण निमन्त्रण पाकर, सारे राजा विदर्भ-नगरी की ओर चल पड़े। उन राजाओं के हाथियों तथा घोड़ों के घोष ने वसुन्धरा को गुँजा दिया। उन राजाओं के साथ विचित्र प्रकार की मालाओं तथा आभूषणों से भलीभाँति सजे हुए बहुत से सैनिक देखे गए।

"महाबाहु राजा भीम ने उन महामना राजाओं का यथायोग्य सत्कार किया। और इस प्रकार सत्कृत होकर वे राजा लोग विदर्भ-नगरी में ठहर गए।

"इसी समय देवताओं के दो प्रमुख ऋषि, महात्मा महाप्राज्ञ महाव्रत नारद तथा पर्वत, भ्रमण करते हुए इन्द्रलोक में जा पहुँचे। उन दोनों ने देवराज इन्द्र के भवन में प्रवेश किया। और वहाँ उनका समुचित सत्कार किया गया।

''उन दोनों की पूजा करके भगवान् इन्द्र ने उनका कुशल-मंगल पूछा, और संसार के अनामय के विषय में भी जिज्ञासा प्रकट की।

''तब नारदजी ने कहा—'देव! ईश्वर! हम लोग तो समस्त स्थानों पर ही कुशल-पूर्वक रहते हैं। देवेश्वर! प्रभो! संसार के समस्त राजा लोग भी कुशल-पूर्वक हैं।'

''नारदजी की बात सुनकर बल तथा वृत्र आदि असुरों का संहार करने वाले इन्द्र ने उनसे प्रश्न किया—'मुने! जो धर्मज्ञ राजा अपने प्राणों का मोह त्यागकर युद्ध करते हैं, और पीठ न दिखाकर लड़ते समय किसी शस्त्र के आघात से ही मृत्यु को प्राप्त होते हैं, उनके लिए हमारा यह स्वर्गलोक अक्षय हो जाता है और जिस प्रकार यहाँ पर मेरी प्रत्येक कामना पूर्ण होती है उसी प्रकार उनकी भी प्रत्येक कामना यहाँ पूर्ण होती है। किन्तु अब वे शूरवीर क्षत्रिय लोग कहाँ हैं? अपने उन प्रिय अतिथियों को आजकल मैं यहाँ आते हुए नहीं देख रहा हूँ।'

''इन्द्र के ऐसा पूछने पर नारदजी ने उत्तर दिया—'मघवन्! आप सुनिए, मैं वह कारण बतलाता हूँ जिससे कि राजा लोग आज-कल यहाँ नहीं दिखलाई पड़ते। विदर्भराज की दुहिता दमयन्ती नाम से प्रसिद्ध है। उसने अपने रूप के द्वारा संसार की समस्त सुन्दरियों को मात कर दिया है। इन्द्र! अब शीघ्र ही दमयन्ती का स्वयम्वर होने वाला है। और सारे राजा तथा राजकुमार उस स्वयम्वर में जा रहे हैं। हे बल तथा वृत्र के नाशक! दमयन्ती संसार में रत्नरूपा है। इसीलिए समस्त राजा लोग उसको प्राप्त करने की विशेष अभिलाषा करते हैं।'

''ये बातें हो ही रही थीं कि देवताओं में श्रेष्ठ लोकपाल-गण अग्नि के साथ इन्द्र के पास आ पहुँचे। तदनन्तर उन समस्त लोकपालों ने नारदजी की वह बात सुनी, और सुनते ही वे सब हर्ष से उल्लसित होकर बोले—'हम लोग भी उस स्वयम्वर में जाएँगे।'

''महाराज! तदनन्तर वे सब देवता अपने-अपने सेवकों तथा वाहनों को साथ लेकर उस विदर्भ देश में गए जहाँ समस्त भूपाल समवेत हो चुके थे।

''कौन्तेय! राजा नल ने भी राजाओं के उस समागम का समाचार सुना। वे दमयन्ती के प्रति अनुरक्त थे। अतएव वे उदार-हृदय राजा नल भी उस ओर चल पड़े।

''देवता लोग भी अपने मार्ग से जा रहे थे। तब उन देवताओं ने पृथिवी पर

प्ररूढ़ राजा नल को देखा। अपने अद्‌भुत रूप के कारण राजा नल ऐसे लग रहे थे मानो साक्षात् कामदेव मूर्तिमान हो उठे हों।

"सूर्य के समान जाज्वाल्यमान राजा नल को देखकर वे लोकपाल-गण उनके रूप-वैभव पर विस्मित हो गए। उन देवताओं ने एक क्षण दमयन्ती को पाने का अपना संकल्प त्याग दिया।

"राजन्! तब उन देवताओं ने अपने विमानों को अन्तरिक्ष में ही रोक लिया, और नभस्तल से नीचे उतरकर वे लोग राजा नल से बोले—'हे निषधराज नल! आप सत्यव्रती हैं। नरोत्तम! आप हम लोगों की सहायता कीजिए। आप हमारे दूत बन जाइए।' "

४

बृहदश्व बोले : "राजा नल ने उन देवताओं से उनकी सहायता करने की प्रतिज्ञा की। राजा नल हाथ जोड़कर उन देवताओं के पास पहुँचे और पूछने लगे—'आप लोग कौन हैं? और वे कौन हैं जिनके पास आप मुझको दूत बनाकर भेज रहे हैं? और वह कौन सा कार्य है जो कि मुझे सम्पन्न करना है? आप लोग सब बातें मुझे ठीक-ठीक बतलाएँ।'

"नल के द्वारा इस प्रकार पूछे जाने पर इन्द्र ने कहा—'हम लोगों को आप देवता समझें। हम दमयन्ती को पाने के लिए आए हैं। राजन! मैं इन्द्र हूँ। ये अग्नि हैं। ये जल के स्वामी वरुण हैं। और ये मनुष्यों की देह का अन्त करने वाले यम हैं। आप दमयन्ती के पास जाकर उसको हमारे आगमन का समाचार दे दीजिए। आप उससे कहिए—महेन्द्र आदि लोकपाल-गण तुमको देखने के लिए आ रहें हैं। इन्द्र, अग्नि, वरुण और यम—ये देवता तुमको प्राप्त करना चाहते हैं। तुम उन लोगों में से अन्यतम देवता को अपने पति के रूप में चुन लो।'

"इन्द्र के ऐसा कहने पर राजा नल हाथ जोड़कर बोले—'मैं भी उसी उद्देश्य से जा रहा हूँ जिस उद्देश्य से कि आप लोग आए हैं। अतएव आप लोगों को मुझे दूत बनाकर नहीं भेजना चाहिए। देवेश्वरो! जिस पुरुष के मन में किसी स्त्री को प्राप्त करने का संकल्प जन्म ले चुका हो, वह पुरुष उस स्त्री को किसी अन्य

पुरुष के लिए कैसे छोड़ सकता है? अतएव आप लोग मेरे इस कथन के लिए मुझको क्षमा करें।'

"देवताओं ने कहा—'निषधनरेश! आप इसके पूर्व ही हम लोगों का काम करने की प्रतिज्ञा कर चुके हैं। फिर आप उस प्रतिज्ञा का पालन किस प्रकार नहीं करेंगे? अतएव, हे नैषध! आप दमयन्ती के पास जाइए, विलम्ब मत कीजिए।'

"राजन्! उन देवताओं के ऐसा कहने पर राजा नल ने फिर उनसे पूछा—'विदर्भराज के सभी प्रासाद सुरक्षित हैं। मैं उनमें प्रवेश किस प्रकार पा सकता हूँ?'

"तब इन्द्र ने उत्तर दिया—'आप वहाँ प्रवेश पा सकेंगे।'

"तदनन्तर राजा नल 'तथास्तु' कहकर दमयन्ती के प्रासाद में चले गए। वहाँ उन्होंने देखा कि विदर्भ की राजकुमारी अपनी सखियों से घिरी हुई शोभायमान है। वह परम सुन्दरी दमयन्ती अपनी देह की कान्ति के कारण देदीप्यमान थी। उसके अंग-प्रत्यंग अत्यन्त सुकुमार थे। उसकी कटि कृश थी। उसके नयन बहुत सुन्दर थे। अपने तेज के प्रताप से वह चन्द्रमा की प्रभा को भी तिरस्कृत कर रही थी।

"उस मनोहर मुस्कान वाली राजकुमारी को देखते ही राजा नल की काम-वेदना जाग उठी। किन्तु सत्य का आचरण करने के अभिलाषी राजा नल ने उस कामवेदना को अपने अन्तर में ही अवरुद्ध कर लिया।

"तब निषधराज राजा नल को वहाँ पर आया देखकर अन्तःपुर की सारी सुन्दरियाँ चकित रह गईं। और वे सब राजा नल के तेज से अभिभूत होकर अपने-अपने आसनों से उठ खड़ी हुईं।

"उन सबने विस्मय से भरकर अत्यन्त प्रीति-पूर्वक राजा नल की प्रशंसा की। उन्होंने राजा नल से वार्तालाप नहीं किया। किन्तु मन-ही-मन वे सब उनकी पूजा कर रही थीं।

"वे सोचने लगीं—'अहो! इन महात्मा का रूप! अहो! इनकी कान्ति! अहो! इनका धैर्य! न जाने ये कौन हैं? देवता? यक्ष? गन्धर्व? ये ऐसे ही कुछ होंगे।'

"राजा नल के तेज से अभिभूत वे लजीली सुन्दरियाँ उनसे कुछ भी नहीं कह सकीं।

"तब मुस्कराकर बातचीत करने वाली दमयन्ती ने विस्मित होकर और मुस्कराकर वीरवर राजा नल से पूछा—'आप कौन हैं? आपके समस्त अंग-

प्रत्यंग निर्दोष हैं। आप मेरे हृदय में कामवेदना जगा रहे हैं। अनघ! आप एक देवता के समान यहाँ आ पहुँचे हैं। मैं आपका परिचय पाना चाहती हूँ। आप इस अन्तःपुर में किस प्रकार प्रवेश कर पाए? आपको यहाँ आते समय किसी ने देखा क्यों नहीं? मेरा यह प्रासाद तो सर्वथा सुरक्षित है। और यहाँ के राजा का शासन भी उग्र है।'

''विदर्भ की राजकुमारी द्वारा इस प्रकार कहा जाने पर राजा नल ने उत्तर दिया—'कल्याणि! तुम मुझको नल समझो। मैं देवताओं का दूत बनकर यहाँ आयाँ हूँ। इन्द्र, अग्नि, वरुण तथा यम—ये देवता तुमको प्राप्त करना चाहते हैं। शोभने! उन देवताओं में से जो भी अन्यतम हो उसी को तुम अपना पति चुन लो। उन्हीं देवताओं के प्रभाव से मैं इस प्रासाद में प्रवेश पा सका हूँ, और मुझको किसी ने नहीं देखा है। प्रासाद में प्रवेश करते समय मुझको न तो किसी ने देखा है, और न रोका है। भद्रे! देवताओं ने इसी उद्देश्य से मुझको यहाँ भेजा है। शुभे! यह सब सुनकर तुम्हारी जैसी इच्छा हो, वैसा निश्चय करो।'''

५

बृहदश्व बोले : ''राजन्! दमयन्ती ने देवताओं के प्रति श्रद्धापूर्वक नमस्कार जताया। फिर वह हँसकर राजा नल से बोली—'महाराज! आप ही मेरा पाणिग्रहण कीजिए। आप मुझे बतलाइए कि मैं आपकी क्या सेवा करूँ। नरेश्वर! मैं तथा मेरे पास अपना कहने को जो कुछ है, वह सब आपका है। आप पूर्णतया निश्चिन्त होकर मेरे साथ विवाह कीजिए। पार्थिव! हंसों की जो बात मैंने सुनी है, वह मुझे संतप्त करती रहती है। वीर! आपको ही प्राप्त करने के आशय से मैंने यहाँ समस्त राजाओं का सम्मेलन करवाया है। मानद! मैं आपके ही प्रति अनुरक्त हूँ। यदि आप मुझको स्वीकार नहीं करेंगे तो आपके ही लिए मैं विष अथवा अग्नि अथवा फाँसी का आश्रय लेकर प्राण त्याग दूँगी।'

''दमयन्ती के ऐसा कहने पर राजा नल उससे बोले—'तुमको प्राप्त करने के लिए तो लोकपाल आए हैं। उन लोगों के रहते हुए तुम मनुष्य की कामना क्यों कर रही हो? लोकों की सृष्टि करने वाले उन महात्मा देवताओं की पदधूलि से

भी मेरी तुलना नहीं की जा सकती। तुमको उन देवताओं में ही मन लगाना चाहिए। देवताओं के अप्रिय का आचरण करने वाला मनुष्य मृत्यु को प्राप्त होता है। हे निर्दोष अङ्गों वाली सुन्दरि! तुम मेरा त्राण करो, और श्रेष्ठ देवताओं का ही वरण करो। देवताओं को प्राप्त करके तुम निर्मल वस्त्र, दिव्य तथा चित्र-विचित्र पुष्पहार और मुख्य-मुख्य आभूषण—इन सबका सुख भोगो। जो अग्निदेवता इस सारी पृथिवी को समेट कर अपना ग्रास बना लेते हैं, उन देवेश्वर अग्नि को कौन स्त्री अपना पति नहीं चुनेगी? जिनके दण्ड के भय से संसार के समस्त प्राणि-समुदाय धर्म का पालन करते रहते हैं, उन यमराज को कौन स्त्री अपना पति नहीं चुनेगी? धर्मात्मा, महात्मा, दैत्य तथा दानवों का मर्दन करने वाले तथा समस्त देवताओं के महेन्द्र को कौन स्त्री अपना पति नहीं चुनेगी? और यदि तुम उचित समझती हो तो विगत-संशय होकर लोकपालों में प्रसिद्ध वरुण देवता का ही वरण कर लो। मैं एक सुहृद के नाते तुमसे ये बातें कह रहा हूँ। मेरा कहना मानो।'

''निषधराज नल के ऐसा कहने पर दमयन्ती के दोनों नयन शोक-सूचक अश्रुवारि से आप्लावित हो उठे। तब वह उन नयनों से राजा नल को देखती हुई बोली—'पृथिवीपते! मैं समस्त देवताओं को नमस्कार करके आपको ही अपना पति चुनती हूँ। यह मैं आपके सामने सच-सच कह रही हूँ।'

''दमयन्ती दोनों हाथ जोड़कर प्रकम्पित हो उठी। उसकी यह अवस्था देखकर राजा नल ने उससे कहा—'कल्याणि! मैं एक दूत के रूप में यहाँ आया हूँ। भद्रे! इस समय तुम वही करो जो मेरे इस रूप के अनुकूल हो। मैं देवताओं के साथ वचन-बद्ध होकर आया हूँ। मैंने परोपकार के लिए प्रयत्न प्रारम्भ किया है। अब मैं स्वार्थ-सिद्धि के लिए किस प्रकार प्रयत्नवान् हो सकता हूँ? यदि यह धर्म सुरक्षित रहे तो इसके फलस्वरूप मेरे स्वार्थ की भी सिद्धि हो सकेगी। भद्रे! तुम ऐसा यत्न करो जिससे कि इस प्रकार के धर्मयुक्त स्वार्थ की सिद्धि सम्भव हो सके।'

''मधुर मुस्कान वाली दमयन्ती का कण्ठ अश्रुगद्गद् हो चुका था। वह धीरे-धीरे राजा नल से बोली—'नरेश्वर! मैंने वह निर्दोष उपाय सोच लिया है जिसके प्रयोग से, राजन्! आपको किसी प्रकार का दोष नहीं लगेगा। नरश्रेष्ठ! आप स्वयं तथा इन्द्रादि वे समस्त देवता-गण एक ही साथ उस स्थान पर पधारें जहाँ मेरा स्वयम्वर होने वाला है। नरेश्वर! तब मैं लोकपालों के सामने ही आपका वरण

करूँगी। नरव्याघ्र! ऐसा करने से कोई दोष नहीं लगेगा।'

"राजन्! विदर्भ की राजकुमारी द्वारा ऐसा कहे जाने पर राजा नल फिर वहीं लौट आए जहाँ पर देवता लोगों से उनकी भेंट हुई थी।

"उन महान शक्तिशाली लोकपालों ने राजा नल को आते हुए देखा। उनको देखकर देवताओं ने उनसे सारा वृत्तान्त पूछा—'राजन्! क्या उस मधुर मुस्कान वाली दमयन्ती से आपकी भेंट हुई? अनघ भूपाल! हम सब लोगों के लिए उसने जो सन्देश दिया है, सो बतलाइए।'

"राजा नल बोले—'आप लोगों का आदेश पाकर मैं दमयन्ती के प्रासाद में प्रविष्ट हो गया। उस प्रसाद में बड़े-बड़े कक्ष थे। दण्डधारी वृद्ध पहरी उस प्रासाद को घेरकर उसकी रक्षा कर रहे थे। आप लोगों के प्रभाव के कारण उस प्रासाद में प्रवेश करते समय मुझको किसी पुरुष ने नहीं देखा। केवल वह राजकुमारी ही मुझको देख पाई। और मैंने दमयन्ती की सखियों को देखा। उन सखियों ने भी मुझको देख लिया। देवेश्वरो! वे सब मुझको देखकर विस्मित हो गईं। जब मैं दमयन्ती के सामने आप लोगों के प्रस्ताव का वर्णन करने लगा तो, श्रेष्ठ देवताओ! उस सुमुखी दमयन्ती ने कहा कि वह मुझको वरने का संकल्प कर चुकी है और मुझको ही चुनती है। उस बाला ने मुझसे यह भी कहा—हे नरव्याघ्र! जिस स्थान पर मेरा स्वयम्वर होने वाला है उस स्थान पर आप स्वयं उन सब देवताओं के साथ पधारें! निषधराज! मैं उन समस्त देवताओं के सामने ही आपका वरण कर लूँगी। महाबाहो! ऐसा होने पर आपको दोष नहीं लगेगा। देवताओं! मेरे पास तो वहाँ का इतना ही वृत्तान्त है। देवेश्वर-गण! अब इस समस्त प्रसंग में आप लोग ही प्रमाण हैं।' "

६

बृहदश्व बोले : "तब शुभ समय तथा पुण्य तिथि और पुण्य मुहूर्त उपस्थित होने पर राजा भीम ने समस्त राजाओं को स्वयम्वर-सभा में समाहूत किया।

"राजा लोग तो कामवेदना से पीड़ित थे ही। इस आमन्त्रण को सुनकर वे सब तुरन्त ही आ गए। उन सब के अन्तर में दमयन्ती को पाने की अभीप्सा थी।

''वह रंगशाला सोने के स्तम्भों से सुशोभित थी। तोरण भी उसकी शोभा को बढ़ा रहा था। राजा लोगों ने उस रंगशाला में प्रवेश किया, मानो बहुत से सिंहराज पर्वत की गुफा में प्रवेश कर रहे हों।

''वहाँ वे राजा लोग पृथक्-पृथक् आसनों पर उपासीन हो गए। उन सब ने सुगन्धित पुष्पों की मालाएँ धारण की हुई थीं। और उन सबके कानो में विशुद्ध मणिमय कुण्डल झिलमिला रहे थे।

''व्याघ्रों से भरी हुई पर्वत की गुफा तथा नागों से सुशोभित भोगवती नगरी की नाईं वह पुण्यमयी राजसभा नरश्रेष्ठ राजाओं से भरी हुई दिखलाई देती थी।

''वहाँ राजाओं की परिघ-जैसी पुष्ट भुजाएँ, आकार तथा वर्ण में अत्यन्त सुन्दर होने के कारण, ऐसी लग रही थीं मानो वे पाँच फनों वाली सर्पिणी हों।

''सुन्दर केशान्त, सुन्दर नासिका, रुचिर नेत्र तथा भौंहों से युक्त राजाओं के मुख इस प्रकार शोभायमान थे जैसे आकाश में तारे शोभायमान होते हैं।

''तब सुन्दरवदना दमयन्ती ने रंगशाला में प्रवेश किया। अपने रूप की प्रभा से वह राजा लोगों के चक्षु तथा चित्त चुरा रही थी।

''उन राजाओं की दृष्टि दमयन्ती के गात्रों पर निविष्ट होने लगी। किन्तु जिसकी दृष्टि जिस गात्र पर पड़ी उसकी दृष्टि उसी गात्र पर आविष्ट होकर रह गई, और वहाँ से नहीं टल पाई।

''भारत! तदनन्तर राजा लोगों के नाम, रूप, यश और पराक्रम इत्यादि का परिचय दिया जाने लगा। भीमकुमारी दमयन्ती ने देखा कि इस प्रकार से संकीर्तित होने वाले राजाओं में पाँच जने एक ही आकृति वाले पुरुष हैं।

''उन सब के रूप-रंग आदि में किसी प्रकार का कोई भी अन्तर नहीं था। उन सब को एक साथ बैठे देखकर विदर्भराजकुमारी के मानस में संशय जाग उठा। वह यह नहीं समझ पाई कि उन पाँचों में से असली राजा नल कौन-से हैं।

''वह उन पाँचों में से जिस किसी को भी देखती थी उसी को वह नल समझने लगती थी। तब वह भाव-प्रवण दमयन्ती अपनी बुद्धि का आश्रय लेकर विचार करती हुई तर्क-वितर्क करने लगी—'अहो! मैं देवताओं को किस प्रकार पहचानूँ? मैं किस प्रकार जानूँ कि राजा नल कौन-से हैं।' इस प्रकार चिन्ता-ग्रस्त होकर विदर्भराजकुमारी बहुत ही खिन्न हो गई।

''भारत! दमयन्ती ने सुन रक्खा था कि देवताओं के कुछ विशिष्ट लक्षण होते

हैं। वह उन लक्षणों के विषय में विचार करने लगी। उसने मन-ही-मन कहा—'मैंने बड़े-बूढ़ों से देवताओं के जो विशिष्ट लक्षण सुने हैं, उन लक्षणों को मैं इस रंगशाला में बैठे हुए इन पाँच पुरुषों में से किसी में भी नहीं देख पा रही।' उसने अनेक प्रकार से निश्चय करने की चेष्टा की। और बार-बार विचार कर लेने पर उसने यही उचित समझा कि इस प्रसंग में देवताओं की शरण लेना ही अवसर के अनुरूप रहेगा।

''तब मन तथा वचन से देवताओं को नमस्कार करके, दोनों हाथ जोड़कर, काँपती हुई दमयन्ती इस प्रकार बोली—'मैंने हंसों की बात सुनकर निषधराज नल को अपने पति के रूप में वरण कर लिया है। इस सत्य के प्रभाव से देवता लोग स्वयं ही राजा नल को निर्दिष्ट कर दें। यदि मैंने मन, वाणी तथा कर्म द्वारा कभी सदाचार का अतिक्रमण नहीं किया है, तो उस सत्य के प्रभाव से देवता लोग स्वयं ही राजा नल को निर्दिष्ट कर दें। यदि देवताओं ने स्वयं ही उन निषधराज नल को मेरे पति के रूप में निश्चित किया है, तो उस सत्य के प्रभाव से देवता लोग स्वयं ही राजा नल को निर्दिष्ट कर दें। यदि मैंने राजा नल की आराधना के लिए ही यह व्रत आरम्भ किया है, तो उस सत्य के प्रभाव से देवता लोग स्वयं ही राजा नल को निर्दिष्ट कर दें। महेश्वर लोकपाल लोग अपना-अपना स्वरूप प्रकट कर दें, जिसके फलस्वरुप मैं उन पुण्यश्लोक राजा नल को पहिचान पाऊँ।'

''देवताओं ने दमयन्ती का वह करुण क्रन्दन सुना। वे लोग समझ गए कि दमयन्ती का निश्चय अटल है। उन लोगों ने मान लिया कि दमयन्ती सत्यशः निषधराज नल के प्रति अनुरक्त है। दमयन्ती के मन की शुद्धि, उसकी बुद्धि और निषधराज के प्रति उसकी भक्ति तथा उसके अनुराग को देख कर देवताओं ने दमयन्ती को वह सामर्थ्य प्रदान कर दिया जिसकी सहायता से वह देवता-सूचक लक्षणों को देख पाई।

''तब दमयन्ती ने देखा कि वे सब देवता लोग स्वेद-विहीन हैं, उन लोगों के नेत्र निर्निमेष हैं, उन लोगों ने जो पुष्पमालाएँ धारण की हुई हैं वे कुम्हलाई नहीं और उन पर धूलि के कण नहीं पड़ रहे, आसनों पर बैठे हुए उन लोगों के चरण धरती का स्पर्श नहीं करते, और उन लोगों की परछाइयाँ भी नहीं पड़ रहीं।

''उन पाँचों में से एक पुरुष ऐसे थे जिनकी परछाईं पड़ रही थी। उनके गले की पुष्पमाला कुम्हला गई थी। उनके शरीर पर स्वेद-वारि विद्यमान था। उनके

चरण धरती का स्पर्श कर रहे थे। और उनकी पलकें भी झपक रही थीं। उन समस्त लक्षणों की सहायता से दमयन्ती ने निषधराज नल को पहिचान लिया।

"भारत! दमयन्ती ने इस प्रकार उन देवताओं को पहिचान लिया। वह यह भी जान गई कि पुण्यश्लोक राजा नल कौन-से हैं। पाण्डव! तब भीमकुमारी दमयन्ती ने धर्म के अनुसार निषधराज नल का ही वरण कर लिया।

"विशाल लोचनों वाली दमयन्ती ने लजाते-लजाते राजा नल के वस्त्र का छोर पकड़ लिया, और वह परम सुन्दर पुष्पमाला उनके गले में पहिना दी।

"इस प्रकार सुन्दरी दमयन्ती ने राजा नल का अपने पति के रूप में वरण कर लिया। तब अन्यान्य राजा लोगों के मुख से हठात् ही हाहाकार का शब्द निकल पड़ा।

"भारत! देवता तथा महर्षि उस समय साधु-साधु कह रहे थे। वे सब विस्मित होकर राजा नल के सौभाग्य को सराहते हुए ये शब्द कह रहे थे।

"कुरुनन्दन! वीरसेन के पुत्र राजा नल ने अपने अन्तर में उल्लसित होकर सुन्दरी दमयन्ती को इस प्रकार आश्वासन दिया—'कल्याणि! तुमने देवताओं की तुलना में मुझ मनुष्य में अपनी भक्ति प्रकट की है। अतएव तुम यह समझ लो कि तुम्हारा पति बनकर मैं तुम्हारे प्रत्येक वचन का पालन करूँगा। शुचिस्मिते! जब तक मेरी देह में प्राण रहेंगे तब तक मैं तुम्हारे प्रति अनुरक्त रहूँगा। मैं तुमसे यह सत्य वचन कह रहा हूँ।'

"इसी प्रकार दमयन्ती ने भी हाथ जोड़कर विनीत वचनों से राजा नल का अभिनन्दन किया। वे दोनों एक-दूसरे को पाकर अत्यन्त प्रसन्न हुए। अग्नि आदि देवताओं को वहाँ पर उपस्थित देखकर उन दोनों ने मन से उन देवताओं की शरण ली।

"दमयन्ती ने जब राजा नल का वरण कर लिया तब उन समस्त महातेजस्वी देवताओं ने प्रसन्नचित्त होकर राजा नल को आठ वर दिए।

"शचीपति इन्द्र ने प्रसन्न होकर राजा नल को वर दिया—'मैं तुम्हारे यज्ञ में आकर तुम्हें प्रत्यक्ष दर्शन दूँगा, और अन्त में तुमको सर्वोत्तम शुभगति प्रदान करुँगा।'

"हविष्य-भोक्ता अग्निदेव ने राजा नल को अपने ही समान आभास्वर लोक प्रदान किए, और कहा—'राजा नल जहाँ भी चाहेंगे वहीं मैं प्रकट हो जाऊँगा।'

''यमराज ने वर दिया—'राजा नल की बनाई हुई रसोई समस्त रसों से सम्पन्न होगी, और धर्म में इनकी उत्तम आस्था सदा बनी रहेगी।'

''जल के स्वामी वरुण ने वर दिया—'राजा नल जहाँ भी चाहेंगे वहीं मैं प्रकट हो जाऊँगा। राजा नल की पुष्पमालाएँ सदा ही उत्तम गन्ध से सम्पन्न रहेंगी।'

''इस प्रकार उन सब देवताओं ने राजा नल को दो-दो वर दिए, और ये वर देकर वे देवता लोग स्वर्ग-लोक को चले गए।

''स्वयम्वर में आए हुए राजा लोगों ने विस्मित होकर दमयन्ती के विवाहोत्सव का उपभोग किया। तब वे सब राजा लोग जिस प्रकार प्रसन्न मन से आए थे उसी प्रकार लौट गए।

''राजा लोगों के लौट जाने पर महामना भीम ने अत्यन्त प्रसन्न होकर दमयन्ती का विवाह राजा नल के साथ कर दिया।

''मनुष्यों में श्रेष्ठ राजा नल अपनी इच्छा के अनुसार कुछ काल तक विदर्भ-नगरी में ही वास करते रहे। फिर वे राजा भीम की आज्ञा प्राप्त करके दमयन्ती सहित अपने नगर को चले गए।

''राजन्! पुण्यश्लोक राजा नल ने रमणी-रत्न दमयन्ती को प्राप्त किया था। वे अब दमयन्ती के साथ रमण करने लगे—उसी प्रकार जिस प्रकार इन्द्र शची के साथ रमण करते हैं।

''राजा नल सूर्य के समान प्रभावान् थे। वीरवर नल ने अत्यन्त मुदित मन से प्रजा का रञ्जन किया। वे धर्मपूर्वक प्रजापालन कर रहे थे।

''उन बुद्धिमान नरेश ने नहुषनन्दन ययाति के समान अश्वमेध यज्ञ किया। उन्होंने अन्यान्य यज्ञों का भी अनुष्ठान किया जिनमें ब्राह्मणों को पर्याप्त दक्षिणा दी गई।

''तदनन्तर देवतुल्य राजा नल ने दमयन्ती को अपने साथ लेकर रमणीय वनों तथा उपवनों में विहार किया।

'' महामना नल ने दमयन्ती के गर्भ से इन्द्रसेन नाम के एक पुत्र तथा इन्द्रसेना नाम की एक पुत्री को उत्पन्न किया।

''और इस प्रकार यज्ञ तथा विहार करते हुए वे वसुधा के अधिपति महाराज नल धनधान्य से सम्पन्न वसुन्धरा की रक्षा करने लगे।''

७

बृहदश्व बोले : ''राजन्! दमयन्ती ने जब राजा नल का वरण कर लिया तब महातेजस्वी लोकपाल-गण स्वर्गलोक को लौट रहे थे। मार्ग में उन सब ने देखा कि कलियुग के साथ द्वापर आ रहा है।

''कलियुग को देखकर वृत्रासुर तथा बलासुर का वध करने वाले इन्द्रदेव ने पूछा—'कले! बताओ तो, तुम द्वापर के साथ कहाँ जा रहे हो?'

''कलियुग ने इन्द्र को उत्तर दिया—'मैं दमयन्ती के स्वयम्वर में जा रहा हूँ। वहाँ जाकर मैं उसका वरण करूँगा। कारण, मेरा मन उसके प्रति आसक्त हो गया है।'

''तब इन्द्र ने हँसकर कहा—'वह स्वयम्वर तो हो चुका। हम सब लोगों के समक्ष ही दमयन्ती ने राजा नल का अपने पति के रूप में वरण कर लिया।'

''इन्द्र के ऐसा कहने पर कलियुग को क्रोध चढ़ आया। तब उसने उन सब देवताओं को सम्बोधित करके ये वचन कहे—'देवताओं के बीच दमयन्ती ने मनुष्य का पतिरूप में वरण किया है। अतएव उसको कोई बहुत बड़ा दण्ड देना सर्वथा न्यायसंगत होगा।'

''कलियुग के ऐसा कहने पर देवताओं ने उत्तर दिया—'दमयन्ती ने हम सब की आज्ञा पाकर ही नल का वरण किया है। राजा नल सर्व-गुण-सम्पन्न हैं। कौन स्त्री उनका वरण नहीं करेगी? वे समस्त धर्मों को जानते हैं। उन्होंने ब्रह्मचर्य का यथावत् पालन करके चारों वेद तथा पाँचवें इतिहास-पुराण का अध्ययन किया है। उनके घर में अनुष्ठित होने वाले यज्ञों में देवता-गण नित्यप्रति और धर्मपूर्वक तृप्त होते रहते हैं। वे अहिंसा-परायण, सत्यवादी तथा दृढ़व्रत हैं। लोकपाल-जैसे नरश्रेष्ठ राजा नल में दक्षता, धृति, ज्ञान, तप, शौच, दम और शम इत्यादि गुण नित्य निवास करते हैं। कले! ऐसे राजा नल को शाप देने की इच्छा जो मूढ़ करेगा, वह केवल अपने-आपको ही शाप देगा, और अपने द्वारा अपना ही विनाश करेगा। कले! ऐसे सद्गुणों से सम्पन्न राजा को जो शाप देने की इच्छा करेगा, वह कष्टों से भरे हुए अगाध एवं विशाल नरककुण्ड में निमग्न हो जाएगा।'

''कलियुग तथा द्वापर को ऐसा कहकर देवता लोग स्वर्गलोक को चले गए।

तब देवताओं के चले जाने पर कलियुग ने द्वापर से कहा—'द्वापर! मैं अपने क्रोध का निग्रह नहीं कर सकता। मैं नल के भीतर निवास करूँगा और उनको उनके राज्य से च्युत करके रहूँगा। फिर वे दमयन्ती के साथ रमण नहीं कर पाएँगे। तुम भी जूए के पाँसों में प्रवेश करके मेरी सहायता करो।' "

८

बृहदश्व बोले : "इस प्रकार द्वापर के साथ समझौता करके कलियुग उस स्थान पर आया जहाँ निषधराज नल निवास कर रहे थे।

"वह नित्यप्रति ही राजा नल में किसी छिद्र का अन्वेषण करता हुआ चिरकाल तक निषध देश में निवास करता रहा। तब बारह वर्ष के उपरान्त एक दिन कलियुग ने एक छिद्र देखा।

"उस दिन राजा नल लघुशंका से निवृत्त होकर आए थे। वे अपने पाँव धोये बिना ही सन्ध्योपासना के लिए बैठ गए। और उसी छिद्र को देखकर कलियुग उनके भीतर प्रवेश कर गया।

"राजा नल के भीतर प्रवेश करने के उपरान्त कलियुग पुष्कर के पास गया और पुष्कर से बोला—'चलो तुम राजा नल के साथ जूआ खेलो। मेरी सहायता पाकर तुम राजा नल को जूए में जीत लोगे। राजा नल को उनके राज्य के साथ जीतकर तुम निषध देश को अपने अधिकार में कर लो।'

"कलियुग द्वारा ऐसा कहे जाने पर पुष्कर राजा नल के निकट गया। कलियुग भी वृषभ का रुप धारण करके पुष्कर के साथ हो लिया।

"वीरवर राजा नल के निकट जाकर शत्रु के वीरों का वध करने वाले पुष्कर ने बार-बार कहा—'आइए , हम दोनों धर्मपूर्वक जूआ खेलें।' पुष्कर राजा नल का भाई था।

"महामना राजा नल जूआ खेलने के इस आह्वान को लौटा नहीं सके। उन्होंने विदर्भराजपुत्री दमयन्ती के देखते-देखते ही यह निश्चय कर लिया कि दाँव लगाने का अवसर आ पहुँचा है।

"राजा नल कलियुग द्वारा आविष्ट हो चुके थे। वे हिरण्य, सुवर्ण, रथ तथा

बहुमूल्य वस्त्रों को दाँव पर लगाते थे और हार जाते थे।

"राजा नल के सुहृदों में से किसी का भी ऐसा सामर्थ्य नहीं था जो जूए के खेल में मत्त बने हुए शत्रुदमन राजा नल को दाँव लगाने से रोक पाता।

"भारत! तदनन्तर समस्त पुरवासी लोग राजा नल के मन्त्रियों को साथ लेकर राजा के साथ साक्षात्कार करने के लिए वहाँ आ पहुँचे। वे लोग उन आतुर राजा को जूए से विरत करना चाहते थे।

"तब सारथि ने दमयन्ती के पास जाकर निवेदन किया—'देवि! कार्यवश आए हुए ये पुरवासी लोग राजद्वार पर खड़े हैं। आप निषधराज से निवेदन करें कि उनकी समस्त प्रजा द्वार पर खड़ी है। प्रजा यह सहन नहीं कर पा रही कि धर्म तथा अर्थ का तत्त्व जानने वाले राजा नल व्यसन में रत हों।'

"तब दुःख से दुर्बल बनी हुई भीमपुत्री दमयन्ती ने, शोक के कारण मूर्छित-सी होकर, गद्गद् वाणी में निषधराज नल से निवेदन किया—'महाराज! राजभक्ति से प्रेरित होकर आपकी पुरवासी प्रजा आपके साथ साक्षात्कार करने के लिए मन्त्रियों के साथ द्वार पर खड़ी है। आप प्रजा को दर्शन दें।'

"दमयन्ती ने इस बात को बार-बार कहा। किन्तु राजा नल तो कलियुग द्वारा आविष्ट थे। वह रुचिर नयनों वाली दमयन्ती इस प्रकार विलाप करती रही। राजा नल ने उससे एक शब्द भी नहीं कहा।

"तब वे समस्त पुरवासी तथा वे मन्त्रिगण दुःख से आतुर और लाज से अभिभूत हो गए। वे बोले—'ये राजा अब राज्य करने योग्य नहीं रह गए।' और वे सब लोग अपने-अपने आवास पर लौट गए।

"युधिष्ठिर! पुष्कर तथा राजा नल के बीच खेला जाने वाला वह जूआ कई मास तक चलता रहा। पुण्यश्लोक राजा नल उस खेल में हारते ही जा रहे थे।"

९

बृहदश्व बोले : "राजन्! तब दमयन्ती ने देखा कि पुण्यश्लोक निषधराज नल उन्मत्त मनुष्य की भाँति द्यूतक्रीड़ा में आसक्त हैं। वह स्वयं सर्वथा अप्रमत्त थी। तब वह भीमराजपुत्री भय और शोक से व्याकुल हो गई। वह सोचने लगी

कि वह राजा नल के कल्याण के लिए कौन-सा महान् कार्य करे।

"दमयन्ती को आशंका होने लगी थी कि राजा नल किसी घोर दुर्दशा में ग्रस्त होने वाले हैं। और वह राजा का हित करना चाहती थी। वह समझ गई कि राजा के सर्वस्व का हरण होने वाला है। अतएव उसने अपनी धाय को बुला भेजा।

"उसकी धाय का नाम बृहत्सेना था। दमयन्ती उसको बहुत मानती थी। वह परिचारिका भी दमयन्ती की हितैषिणी थी। वह समस्त कामों के करने में कुशल थी। वह दमयन्ती के प्रति अत्यधिक अनुरक्त थी, और मधुरभाषिणी भी थी।

"दमयन्ती ने उससे कहा—'बृहत्सेने! तुम मन्त्रियों के पास जाओ और राजा नल के आदेश से उन लोगों को बुला लाओ। उनको सूचना दे दो कि अमुक-अमुक धन का हरण हो चुका है और अमुक-अमुक धन अभी भी अवशिष्ट है।'

"तदनन्तर वे सब मन्त्री राजा नल के आदेश को सुनकर उनके पास आए। वे लोग कह रहे थे—हमारा अहोभाग्य है जो राजा ने हमको बुलाया।'

"इस प्रकार राष्ट्र की वे प्रकृतियाँ द्वितीय बार राजद्वार पर उपस्थित हुईं। दमयन्ती ने उन लोगों के आने की सूचना राजा नल को दे दी। किन्तु राजा ने इस समाचार का अभिनन्दन नहीं किया।

"पति को अपनी बात का अभिनन्दन न करते देखकर दमयन्ती लाज से गल गई। उसने लौटकर फिर अपने प्रासाद में प्रवेश किया।

"उसने फिर सुना कि पुण्यश्लोक राजा नल के पाँसे लगातार उलटे पड़ रहे हैं, और उनके सर्वस्व का हरण होता जा रहा है। उसने फिर अपनी धाय को बुलाया।

"दमयन्ती ने धाय से कहा—'बृहत्सेने! राजा नल के आदेश से फिर जाओ और वार्ष्णेय नाम के सारथी को बुला लाओ। कल्याणि! एक बहुत बड़ा कार्य उपस्थित हुआ है।'

"बृहत्सेना ने, दमयन्ती का कथन सुनकर, विश्वस्त पुरुषों को वार्ष्णेय के पास पठाया और उसको बुलवा लिया। तब देश और काल को जानने वाली और अनिन्द्य स्वभाव वाली भीमपुत्री दमयन्ती ने वार्ष्णेय को मधुर वाणी में सान्त्वना दी, और उससे अपनी बात कह दी।

"दमयन्ती बोली—'सूत! तुम जानते हो कि राजा नल ने सदा ही तुम्हारे प्रति सर्वथा सम्यक् व्यवहार किया है। आज वे विषम अवस्था में पड़ गए हैं। अतः

तुमको उनकी सहायता करनी चाहिए। राजा नल जैसे-जैसे पुष्कर द्वारा पराजित होते जा रहे हैं, वैसे-वैसे ही द्यूत के प्रति उनकी आसक्ति बढ़ती जा रही है। पुष्कर के पाँसे जैसे-जैसे उसकी इच्छा के अनुकूल पड़ रहे हैं, वैसे-वैसे राजा नल के पाँसे उल्टे पड़ते हुए दिखलाई देते हैं। वे अपने सुहृद तथा स्वजनों की बात ध्यान देकर सुनने के लिए प्रस्तुत नहीं हैं। वे द्यूत के द्वारा इस प्रकार मोहित हो गए हैं कि वे मेरी बात का भी आदर नहीं करते। मैं यह मानती हूँ कि इसमें महामना निषधराज का कोई दोष नहीं है। द्यूत के द्वारा मोहित होने के कारण ही वे मेरी बात का आदर नहीं कर रहे। सारथि! मैं तुम्हारी शरण में आई हूँ। मैं जैसा कहती हूँ वैसा करो। मेरे मन का भाव शुद्ध नहीं रह पा रहा। अतएव मैं अनुमान लगाती हूँ कि राजा नल अपने राज्य से हाथ धो सकते हैं। तुम राजा नल के प्रिय तथा मन की गति के समान वेग से चलने वाले घोड़ों को रथ में जोत लो। रथ पर तुम हमारे इन दोनों बालकों को बैठा लो, और कुण्डिनपुर चले जाओ। वहाँ इन दोनों बालकों तथा इस रथ और इन घोड़ों को भी मेरे भाई-बन्धुओं को सौंप देना। फिर तुम्हारी इच्छा हो तो तुम वहीं वास करने लग जाना, अथवा इच्छानुसार अन्यत्र चले जाना।'

''दमयन्ती की यह बात सुनकर राजा नल के सारथि वार्ष्णेय ने यह समस्त समाचार राजा के मन्त्रियों को सुना दिया।

''राजन्! उसने मन्त्रियों से मिलकर, इस विषय पर भलीभाँति परामर्श करके, और मन्त्रियों की आज्ञा लेकर, दोनों बालकों को रथ पर बैठा लिया। फिर वह उस रथ को लेकर विदर्भ देश की ओर चल पड़ा।

''वहाँ पहुँचकर उसने उस श्रेष्ठ रथ को, उन दोनों घोड़ों को, इन्द्रसेन नाम के राजकुमार को, और इन्द्रसेना नाम की राजकुमारी को वहाँ छोड़ दिया।

''उसने राजा भीम से विदा ले ली। वह राजा नल के विषय में शोक करता हुआ आर्त हो उठा था। तब वह घूमता हुआ अयोध्या नगरी में जा पहुँचा।

''राजन्! वह अत्यन्त दुखी था। वह राजा ऋतुपर्ण की सेवा में उपस्थित हुआ, और उनका सारथि बनकर अपनी आजीविका चलाने लगा।''

१०

बृहदश्व बोले : "तदनन्तर, वार्ष्णेय के चले जाने पर, जूआ खेलने वाले पुण्यश्लोक नल का राज्य तथा अन्य समस्त धन-धान्य पुष्कर ने जीत लिया।

"राजन्! राज्य हारे हुए राजा नल से पुष्कर ने हँसकर कहा—'आओ, फिर दाँव लगाओ। अब तुम्हारे पास दाँव पर लगाने के लिए क्या है? तुम्हारे पास दमयन्ती अभी-भी बची है। तुम्हारा और सब-कुछ तो मैंने जीत लिया। तुम यदि ठीक समझो तो दमयन्ती को ही दाँव पर लगाओ।'

"पुष्कर के ऐसा कहने पर पुण्यश्लोक राजा नल का हृदय क्रोध से विदीर्ण-सा हो गया। किन्तु वे कुछ बोले नहीं।

"तब परम स्वाभिमानी राजा नल ने पुष्कर की ओर देखा, और उन महायशस्वी ने अपने शरीर पर पहिने हुए समस्त आभूषण उतार दिए।

"अब उनके शरीर पर कोई भी आभूषण नहीं रह गया था। वे केवल एक अधोवस्त्र ही धारण किए हुए थे। उनको इस वेष में देखकर उनके सुहृदजनों का शोक और भी बढ़ गया। तदनन्तर राजा नल उस विशाल सम्पत्ति को त्याग कर बाहर निकल पड़े।

"दमयन्ती ने भी अपने शरीर पर एक ही वस्त्र धारण किया, और वह बाहर जाते हुए राजा नल के पीछे-पीछे चल पड़ी। निषधराज नल दमयन्ती को अपने साथ लेकर तीन रात तक नगर के बाहर निवास करते रहे।

"महाराज! पुष्कर ने उस नगर में घोषणा करवा दी कि जो कोई नागरिक नल के साथ सम्यक् व्यवहार करेगा वही उसकी ओर से वध्य होगा।

"युधिष्ठिर! पुष्कर की घोषणा सुनकर, और यह जानकर कि वह नल से विद्वेष करता है, पुरवासियों ने नल का सत्कार नहीं किया।

"वे राजा सत्कार के सर्वथा योग्य थे। किन्तु किसी ने उनका सत्कार नहीं किया। और इस प्रकार वे केवल जल का पान करके ही तीन रात तक नगर के निकट निवास करते रहे।

"वहाँ वे भूख से पीड़ित हो उठे। तब फल-मूल इत्यादि जुटाते हुए राजा नल वहाँ से अन्यत्र चले गए। दमयन्ती ने उनका अनुगमन किया।

"इस प्रकार नल बहुत दिन तक क्षुधा से पीड़ित होते रहे। एक दिन उन्होंने कुछ ऐसे पक्षियों को देखा जिनके पंख सोने जैसे थे।

"उन पक्षियों को देखकर बलवान् निषधनरेश ने सोचा—'पक्षियों का यह समुदाय ही आज मेरे भोजन का काम देगा, और इनके ये पंख मेरी सम्पत्ति बन जाएँगे।'

"तब नल ने अपना अधोवस्त्र उतार कर उसके द्वारा उन पक्षियों को ढाँक दिया। किन्तु वे सारे पक्षी उनके वस्त्र को लेकर आकाश में उड़ गए।

"नल अब सर्वथा नग्न थे। वे दीन बने हुए मुँह झुकाकर धरती पर खड़े थे। तब आकाश में उड़ते हुए उन पक्षियों ने नल को देखकर यह कहा—'हे दुर्बुद्धि! हम पक्षी नहीं, पाँसे हैं। तुम वस्त्र पहिन कर ही वहाँ से चले आए। यह बात हमको अच्छी नहीं लगी। अतएव हम तुम्हारे इस वस्त्र का हरण करने की इच्छा से यहाँ आए थे।'

"राजन्! उन पाँसों को अपने निकट से जाते देखकर और अपने-आप को नग्नावस्था में पाकर, पुण्यश्लोक नल ने दमयन्ती से कहा—'अनिन्दिते! ये ही वे पाँसे हैं जिनके प्रकोप से मैं अपने ऐश्वर्य से च्युत हो गया हूँ, और भूख के मारे दु:खित होकर प्राणधारण भी नहीं कर पा रहा हूँ। भीरु! इन्हीं पाँसों के कारण निषध देश की प्रजा ने मेरा सत्कार नहीं किया। अब ये पाँसे पक्षी बनकर मेरा अधोवस्त्र लिए जा रहे हैं। मैं बड़ी ही विषम परिस्थिति में पड़ गया हूँ। दु:ख के मारे मुझे मूर्छा आ रही है। मैं तुम्हारा पति हूँ। अतएव तुम मेरी बात मानो। इस प्रकार तुम्हारा हित होगा। ये बहुत से मार्ग हैं जो दक्षिणापथ की ओर जा रहे हैं। यह मार्ग ऋक्षवान् पर्वत को पार करके अवन्ती देश को जा रहा है। यह वह महान् पर्वत विन्ध्याचल दिखलाई दे रहा है। और यह वह समुद्रगामिनी पयोष्णी नदी है। यहाँ पर महर्षियों के आश्रम हैं जिनमें बहुत प्रकार के फल-मूल प्राप्त होते हैं। यह मार्ग विदर्भ देश की ओर जाता है। यह दूसरा मार्ग कोसल देश की ओर जाता है। इसके पार दक्षिण की ओर दक्षिणापथ कहलाने वाला प्रदेश है।'

"भारत! राजा नल अत्यन्त आतुर हो उठे थे। तो भी उन्होंने सर्वथा सावधान रहकर ही भीमपुत्री दमयन्ती को सम्बोधित करके ये वचन कहे।

"तब दु:ख से व्याकुल दमयन्ती ने, अश्रुगद्गद् कण्ठ से, ये करुण वचन निषधराज नल से कहे—'महाराज! आपने मेरे विषय में जो संकल्प किया है,

उसके विषय में बारम्बार सोचकर मेरा हृदय उद्विग्न हो उठा है और मेरे सारे अंग शिथिल हो गए हैं। आपके राज्य का हरण हो चुका है। आपके पास धन नहीं है। आपके शरीर पर वस्त्र नहीं रहा, और आप भूख तथा श्रान्ति से पीड़ित है। ऐसी अवस्था में आपको इस निर्जन वन में अकेले छोड़कर मैं भला कैसे जा सकती हूँ? महाराज! आप जब-जब इस बीहड़ वन में श्रान्त होंगे, आप जब-जब भूख से पीड़ित होंगे और अपने पूर्व सौख्य का स्मरण करके आकुल हो उठेंगे, तब-तब मैं आपके संताप का निवारण करूँगी। वैद्य लोगों का यह मत है कि समस्त दुःखों के शमन के लिए भार्या के समान दूसरी कोई औषधि नहीं है। मैं आपसे ये सत्य बात कह रही हूँ।'

"नल ने कहा—'सुमध्यमा दमयन्ति! तुम जो कुछ कह रही हो वह सत्य है। दुखी मनुष्य के लिए भार्या के समान दूसरा कोई मित्र अथवा दूसरी कोई औषधि नहीं होती। किन्तु ,भीरु! तुम व्यर्थ ही आशंका कर रही हो। मैं तुमको त्याग देने का मनोरथ तो नहीं कर रहा। अनिन्दिते! मैं अपने प्राणों का परित्याग कर सकता हूँ, किन्तु तुमको कभी नहीं त्याग सकता।'

"दमयन्ती ने कहा—'महाराज! यदि आप मेरा त्याग करना नहीं चाहते तो मुझको विदर्भ देश का मार्ग क्यों दिखला रहे हैं? राजन्! मैं यह जानती हूँ कि आप मेरा त्याग नहीं कर सकते। किन्तु, महीपते! इस आपदा ने आपके चित्त को आविष्ट कर लिया है। अतएव आप मुझको छोड़कर भी जा सकते हैं। नरोत्तम! आप बार-बार मुझे विदर्भ देश का मार्ग दिखला रहे हैं। अमरोपम! इसी कारण मेरा शोक बढ़ रहा है। यदि आपका यह अभिप्राय है कि दमयन्ती अपने सगे-सम्बन्धियों के पास चली जाए तो आइए हम दोनों एक साथ विदर्भ देश में चलते हैं। आप अपनी सम्मति दीजिए। मानद! विदर्भराज आपका पूरा आदर-सत्कार करेंगे। राजन्! विदर्भराज द्वारा सत्कृत होकर आप हमारे घर में सुखपूर्वक निवास कर पाएँगे।'''

११

बृहदश्व बोले : "राजा नल ने उत्तर दिया—'दमयन्ति! इसमें सन्देह नहीं कि

विदर्भ का राज्य जैसा तुम्हारे पिता का है, वैसा ही मेरा भी है। किन्तु इस विषम अवस्था को प्राप्त होकर मैं किसी प्रकार भी वहाँ नहीं जाऊँगा। एक समय मैं समृद्धि-सम्पन्न राजा था। उस समय मैंने विदर्भ देश में जाकर तुम्हारे हर्ष की वृद्धि की थी। आज तो मैं सब प्रकार से दीन-हीन हूँ। इस अवस्था में वहाँ जाकर मैं तुम्हारे शोक की वृद्धि नहीं करूँगा।'

''राजा नल ने दमयन्ती का आधा वस्त्र स्वयं पहिन लिया था। अब दमयन्ती भी आधे वस्त्र से ही आवृत थी। राजा नल ने उस कल्याणी से इस प्रकार की बातें कहकर बारम्बार उसे सान्त्वना दी।

''वे दोनों एक ही वस्त्र से अपने शरीरों को आवृत करके इधर-उधर भटक रहे थे। वे भूख तथा प्यास से पीड़ित थे। तब वे बीहड़ वन के बीच किसी धर्मशाला में जा पहुँचे।

''उस धर्मशाला में पहुँचकर निषधराज नल विदर्भराजपुत्री दमयन्ती के साथ धरती पर ही बैठ गए।

''राजा नल वस्त्रहीन थे। उनके पास कोई बिस्तर भी नहीं था। उनका शरीर मलिन तथा धूलि-धूसरित था। और वे श्रान्त हो चुके थे। वे दमयन्ती के साथ धरती पर ही लेट गए।

''सुकुमारी दमयन्ती के ऊपर यह समस्त दुःख सहसा आ पड़ा था। अतएव वह संतप्त हो गई थी। अब वह कल्याणी लेटते ही निद्रा से अभिभूत हो गई।

''राजन्! दमयन्ती तो सो गई। किन्तु नल का मानस शोक द्वारा उन्मथित था। वे पूर्व समय की भाँति नहीं सो सके।

''उनके राज्य का अपहरण हो चुका था। वे अपने समस्त सुहृदों से बिछुड़ गए थे। और वे वनवास के विविध कष्ट भोग रहे थे। यह सब सोचकर वे चिन्तित हो उठे।

''वे सोचने लगे—'ऐसा करने से भी मेरे किस अर्थ की सिद्धि होगी? ऐसा न करने से मेरा क्या बिगड़ेगा? क्या मेरा मर जाना श्रेयस्कर है? अथवा प्रियजन का परित्याग श्रेयस्कर है? यह दमयन्ती मुझमें अनुरक्त है। अतएव यह मेरे लिए दुःख झेल रही है। यदि मैं इससे अलग हो जाऊँ तो कदाचित् यह अपने सगे-सम्बन्धियों के पास चली जाएगी। मेरे साथ रहकर तो यह पतिव्रता प्रिया निस्सन्देह दुःख ही उठाएगी। यद्यपि इसका परित्याग करने पर भी मेरे मानस में

एक संशय बना रहेगा, किन्तु तब यह तो सम्भव हो सकेगा कि यह किसी दिन सुख पा सके।'

"राजन्! इस प्रकार बार-बार विचार करके राजा नल ने एक निश्चय कर लिया। उन्होंने दमयन्ती का त्याग कर देने में ही उसकी भलाई मानी।

"नल ने सोचा—'दमयन्ती यशस्विनी है, महाभागा है, मेरी भक्त है, और पतिव्रता है। इसके तेज के कारण मार्ग में कोई भी इसका धर्षण नहीं कर पाएगा।'

"नल के ऊपर कलियुग का दुष्ट प्रभाव छाया हुआ था। इस प्रकार विचार करते-करते उनकी बुद्धि दमयन्ती की ओर से निवृत्त हो गई। और उन्होंने दमयन्ती का त्याग करने का ही निश्चय कर लिया।

"किन्तु वे स्वयं वस्त्रहीन थे। और दमयन्ती भी एक ही वस्त्र धारण किए हुए थी। इस प्रसंग पर विचार करके राजा नल ने निश्चय किया कि उन्हें दमयन्ती का आधा वस्त्र काट लेना चाहिए।

"तब उन्होंने सोचा—'मैं वस्त्र को किस प्रकार काटूँ जिससे कि मेरी प्रिया जागने न पाए।' यह सोचते हुए राजा नल उस धर्मशाला में इधर-उधर चक्कर काटने लगे।

"भारत! नल वहाँ से इधर से उधर दौड़ रहे थे। तब उनको उस धर्मशाला में ही एक उत्तम और नग्न खड्ग मिल गया।

"परंतप नल ने उसी खड्ग से आधा वस्त्र काट लिया, और उसे धारण कर लिया। दमयन्ती तो अचेतन होकर सो रही थी। वे उस विदर्भराजपुत्री को सोती हुई छोड़कर भाग खड़े हुए।

"किन्तु कुछ दूर जाने पर उनके हृदय का भाव बदल गया। वे फिर उस धर्मशाला में लौट आए। और तब दमयन्ती को देखकर निषध के वे अधिपति रोने लगे।

"वे विलाप कर रहे थे—'पूर्व समय में मेरी प्रिया को वायु तथा सूर्य देवता भी नहीं देख पाते थे। आज वही इस धर्मशाला की धरती पर अनाथा के समान सोई हुई है। यह मधुर मुस्कान वाली दमयन्ती आधे वस्त्र से आवृत होकर सो रही है। यह सुन्दरी जब जागेगी तो यह न जाने कैसी पागल अवस्था को प्राप्त हो जाएगी। यह भयंकर वन हिंसक पशुओं और साँपों से भरा पड़ा है। मुझ से बिछुड़ कर शुभलक्षणा सती दमयन्ती अकेली इस वन में कैसे विचरण करेगी?'

''नल ने सोई हुई दमयन्ती को आशीर्वाद दिया—'महाभागे! तुम धर्म से समावृत हो। ये आदित्य, वसु, रुद्र, अश्विनी-द्वय तथा मरुद्गण तुम्हारी रक्षा करें।'

''दमयन्ती अपने रूप के कारण इस भूतल पर अद्वितीय थी। किन्तु राजा का ज्ञान तो कलि ने हर लिया था। वे अपनी प्रिय भार्या से ये बातें कहकर वहाँ से उठे और चल पड़े।

''कलि राजा नल को एक ओर खींच रहा था। और दमयन्ती के प्रति उनका प्रेम उनको दूसरी ओर खींच रहा था। अतएव वे बार-बार चले जाते थे, और बार-बार फिर उस धर्मशाला में लौट आते थे।

''उस समय दुःख से पीड़ित राजा नल का हृदय द्विधा-सा हो चला था। हिंडोला जिस प्रकार एक बार ऊपर की ओर जाता है और फिर एक बार नीचे की ओर आता है, उसी प्रकार वे एक बार दूर चले जाते थे और फिर एक बार लौटकर धर्मशाला में चले आते थे।

''अन्त में कलि का आकर्षण ही प्रबल रहा। कलि के प्रभाव से मोहित होकर नल ने अपनी सोई हुई पत्नी का परित्याग कर दिया। और वे अत्यन्त करुण विलाप करते हुए प्रधावमान हो गए।

''कलि के स्पर्श से राजा की बुद्धि भ्रष्ट हो गई थी। अतएव उन्होंने सब प्रकार के औचित्य की अवहेलना कर दी। और वे दुःख से संतप्त होकर भी अपनी भार्या को उस बीहड़ वन में एकाकी छोड़कर चल दिए।''

१२

बृहदश्व बोले : ''राजन! नल चले गए। और दमयन्ती की थकान उतर जाने पर वह सुन्दरी जाग उठी। उस जनशून्य वन में वह तुरन्त ही संत्रस्त हो गई।

''दमयन्ती ने देखा कि उसके पति वहाँ नहीं हैं। तब वह शोक और दुःख से व्याकुल हो गई। वह संत्रस्त होकर उच्चस्वर से निषधराज को पुकारने लगी—'महाराज! आप कहाँ हैं?

'हा नाथ! हा राजन्! हा स्वामिन्! आप मेरा त्याग क्यों कर रहे हैं? हाय मैं

मारी गई! मैं विनष्ट हो गई! इस बीहड़ वन में मैं भयभीत हो उठी हूँ।

'महाराज! आप तो धर्म के ज्ञाता हैं। आप सत्यवादी हैं। तो फिर आपने वह सत्य प्रतिज्ञा करके भी मुझको इस कानन में सोती हुई कैसे छोड़ दिया?

'मैं आपकी सेवा में सावधान रहने वाली और आपकी पतिव्रता पत्नी हूँ। मुझको छोड़कर आप किस प्रकार चले गए? विशेषतया इस अवस्था में जब कि मैंने कभी आपके प्रति कोई अपराध नहीं किया? यदि आपके प्रति कोई अपराध हुआ है तो वह किसी और ने ही किया होगा।

'नरेश्वर! पूर्व समय में आपने उन लोकपालों को साक्षी बनाकर मुझ से कुछ बातें कही थीं। क्या उन बातों को सत्य सिद्ध नहीं करेंगे?

'पुरुषश्रेष्ठ! मनुष्यों की मृत्यु असमय में विहित नहीं है। इसीलिए आपकी यह प्रियतमा आपके द्वारा परित्यक्त होकर भी मुहूर्त-भर प्राण धारण कर पाई है।

'पुरुषर्षभ! अभी तो इतना ही परिहास पर्याप्त है। मैं अत्यधिक आतंकित हो उठी हूँ। नाथ! आप मुझे अपने दर्शन दीजिए।

'राजन्! आप दिखाई दे रहे हैं, मुझे दिखाई दे रहे हैं। निषधराज! यह मैंने आपको देख लिया! आप इस लता-कुञ्ज में क्यों जा छुपे हैं? आप मेरी बात का उत्तर क्यों नहीं देते?

'राजेन्द्र! यहाँ मैं इस अवस्था को प्राप्त हो गई हूँ। मैं विलाप कर रही हूँ और, पार्थिव! आपसे यह भी नहीं होता कि मेरे पास आकर मुझे आश्वासन दें! आप निश्चय ही बड़े निर्दय हैं!

'राजन्! मैं अपने विषय में शोक नहीं कर रही। न ही मैं किसी अन्य विषय में शोक कर रही हूँ। मैं तो आपके विषय में ही शोक कर रही हूँ। आपकी अकेले में क्या दशा हुई होगी?

'राजन्! आपको प्यास लग जाएगी। आपको भूख सताएगी। आप श्रम से क्लान्त हो जाएँगे। तब साँझ के समय किसी वृक्ष के नीचे उपासीन होकर और मुझको अपने पास न देखकर आपकी कैसी दशा हो जाएगी?'

''तब वह दमयन्ती तीव्र शोक से आर्त हो उठी। उसका मानस मान से जल रहा था। वह दुःखित होकर रोती हुई इधर-उधर चारों ओर दौड़ने लगी।

''वह बाला बार-बार उठकर खड़ी होती थी, और बार-बार विह्वल होकर गिर पड़ती थी। वह बार-बार भयभीत होकर कहीं छुप जाना चाहती थी, और

बार-बार आक्रोश और रुदन कर उठती थी।

"वह शोक से अत्यन्त संतप्त हो गई। वह बारबार दीर्घ निश्वास लेकर विकल होने लगी। तब वह पतिव्रता भीमपुत्री निश्वास छोड़कर रोती हुई बोली—'जिसके अभिशाप से निषधराज नल आज दुःख से आर्त होकर भी और दुःख भोग रहे हैं, उस प्राणी को हम लोगों के दुःख से भी अधिक दुःख मिले! जिस पापी ने पापरहित राजा नल को इस अवस्था में पहुँचाया है, वह उनके दुःख से भी अधिक दुःख को प्राप्त होकर दुःखमय जीवन ही व्यतीत करे!'

"वह वन हिंस्र पशुओं से पटा पड़ा था। महामना राजा नल की वह पत्नी इस प्रकार विलाप करती हुई अपने पति को उस वन में खोज रही थी।

"वह भीमपुत्री पागल-सी हो उठी थी। वह विलाप करती हुई इधर-उधर भटकने लगी! वह बार-बार इधर-उधर दौड़ती थी और पुकारती थी—'हा राजन्! हा राजन!'

"वह अत्यन्त करुण क्रन्दन कर रही थी। वह कुररी पक्षी के समान क्रन्दन कर रही थी। वह अपने कारुण्य के उद्रेक से व्याकुल होकर बार-बार आर्तनाद कर उठती थी।

"वहाँ एक भीमकाय अजगर बैठा हुआ था। वह बहुत भूखा भी था। भीमपुत्री दमयन्ती उसके समीप आकर इधर-उधर चक्कर काटने लगी। तब उस अजगर ने झपट कर दमयन्ती को जकड़ लिया।

"शोक से सराबोर दमयन्ती को वह अजगर निगल रहा था। किन्तु तो भी दमयन्ती को अपने विषय में उतनी चिन्ता नहीं थी जितनी कि उसे निषधराज नल के विषय में थी।

"दमयन्ती विलाप करने लगी—'हा नाथ! इस बीहड़ वन में यह अजगर मुझको अनाथा के समान निगल रहा है। आप मेरा परित्राण करने के लिए इस ओर प्रधावमान क्यों नहीं हो रहे? निषधराज! मेरी मृत्यु हो जाने पर मेरा स्मरण करके आपकी क्या दशा होगी? प्रभो! आप मुझे इस वन में छोड़कर चले ही क्यों गए? निषधनरेश! आप इस पापफल से मुक्त भी हो जाएँगे। आपकी सुबुद्धि फिर लौट आएगी। आपकी आत्मचेतना और सम्पत्ति भी पुनः आपको प्राप्त हो जाएगी। किन्तु, राजेश्वर! आप जिस समय भूख से व्याकुल होंगे, आप जिस समय अत्यधिक क्लान्त होंगे, तो हे अनघ! आपके श्रम को दूर कौन करेगा?'

"उस समय एक व्याध उस गहन वन में विचरण कर रहा था। उसने दमयन्ती का करुण क्रन्दन सुना और वह द्रुतगति से उस ओर दौड़ आया।

"उसने देखा कि एक विशाल नयनों वाली नारी को अजगर निगल रहा है। व्याध बड़ी उतावली के साथ उस ओर दौड़ा।

"उस व्याध ने तीक्ष्ण शस्त्र से अजगर का मुख फाड़ डाला। वह भुजंग सर्वथा निश्चेष्ट हो गया। तब व्याध ने उस अजगर के टुकड़े-टुकड़े करके दमयन्ती को छुड़ा लिया।

"दमयन्ती को छुड़ाकर उस व्याध ने दमयन्ती की देह को जल से धो डाला। फिर उसने दमयन्ती को सान्त्वना दी, और भोजन करवाया। तब व्याध ने दमयन्ती से पूछा—'मृगलोचने! तुम किसकी स्त्री हो? और तुम इस वन में किस प्रकार चली आई? भाविनी! तुम इस महान् संकट में किस प्रकार फँस गई?'

"राजन्! उस व्याध के द्वारा इस प्रकार पूछे जाने पर दमयन्ती ने उसको अपना सारा वृत्तान्त यथायथ सुना दिया।

"दमयन्ती की देह आधे वस्त्र से ही आच्छादित थी। वह पीन नितम्बों तथा पयोधरों से सुशोभित थी। वह सुकुमार और अनिन्द्य अंग-प्रत्यंग वाली थी। उसका मुख पूर्ण चन्द्र के समान द्युतिमान था।

"उसके नयन तिरछी बरौनियों से मण्डित थे। और वह अत्यन्त मधुर स्वर में बोल रही थी। ऐसी दमयन्ती को देखकर वह व्याध कामवासना के वशीभूत हो गया।

"तब वह व्याध दमयन्ती को अपने अनुकूल बनाने के लिए कोमल वाणी में उसको सान्त्वना देने लगा। दमयन्ती तुरन्त समझ गई कि वह कामार्त हो गया है।

"दमयन्ती तो पतिव्रता थी। उस दुष्ट के मनोभाव को समझकर वह तीव्र क्रोध से आविष्ट हो गई। स्वाभिमान से भरी हुई दमयन्ती ऐसी लग रही थी मानो अग्निज्वाल जल रही हो।

"वह नीच पापी दमयन्ती का धर्षण करने के लिए आतुर था। किन्तु उसने देखा कि दमयन्ती अग्निशिखा के समान प्रदीप्त होने के कारण सर्वथा दुर्धर्ष है।

"दमयन्ती अपने पति तथा राज्य, दोनों से ही वञ्चित हो चुकी थी। अतएव वह दु:ख से आर्त थी। उसने व्याध की कुचेष्टा को वाणी द्वारा रोकने की चेष्टा की। किन्तु वह अपनी कुचेष्टा से विरत नहीं हुआ। तब दमयन्ती ने रोष से भरकर

उसे शाप दे दिया—'यदि मैंने निषधराज नल के अतिरिक्त किसी अन्य पुरुष का कभी मन से भी चिन्तन नहीं किया है, तो यह नीच व्याध प्राणशून्य होकर गिर पड़े।'

''दमयन्ती के मुख से ये वचन निकले ही थे कि वह व्याध प्राणशून्य होकर धरती पर गिर पड़ा, और अग्निज्वाल द्वारा जलाए जाने वाले वृक्ष के समान दग्ध हो गया।''

१३

बृहदश्व बोले : ''राजन्! उस व्याध का वध करके वह कमलनयना दमयन्ती उस वन में ही आगे बढ़ चली। वह वन भयंकर और जनशून्य था। वह झिल्लियों की झंकार से गूँज रहा था।

''वह वन सिंह, हाथी, रुरुमृग, व्याघ्र, महिष तथा रीछ द्वारा संकुल था। वह वन नाना प्रकार के पक्षियों से आकीर्ण था। चोर और डाकू उस वन में वास करते थे।

''वह वन शाल, वेणु, पीपल, तिन्दुक, इंगुद, किंशुक, अर्जुन, अरिष्ट, स्यन्दन, शाल्मली, जामुन, आम, लोध्र, खदिर, साल और बैंत इत्यादि के वृक्षों से पटा पड़ा था। वह वन पद्मक, आँवला, पाकड़, कदम्ब और उदुम्बर के वृक्षों से ढँका हुआ था।

''उस वन में बेर और बेल के वृक्ष बहुत घने थे। और वह वन बरगद, प्रियाल, ताल, खजूर, हर्रे तथा बहेड़े के वृक्षों से भरा हुआ था।

''दमयन्ती ने उस वन में नाना प्रकार की शत-शत धातुओं से पटे हुए विविध प्रकार के अनेक पर्वत देखे, पक्षियों के कलरव से गुंजायमान अनेक निकुञ्ज देखे, और अद्‌भुत गिरि-कन्दराएँ देखीं।

''दमयन्ती ने उस वन में कितनी ही नदियाँ, कितने ही सरोवर और कितनी ही वापियाँ देखीं, कितने ही पशु और पक्षी देखे, और बहुत से भयानक-रूप पिशाच, नाग और राक्षस देखे।

''दमयन्ती ने उस वन में बहुत-सी तलैयाँ देखीं और तड़ाग देखे, चारों ओर

उन्नतशीर्ष गिरि-शिखर देखे, और अद्‌भुत दीख पड़ने वाली सरिताएँ तथा निर्झरणियाँ देखीं।

"विदर्भराज की नन्दिनी ने वहीं पर झुंड-के-झुंड महिष, वराह, रीछ और वनैले सांप भी देखे।

"वह विदर्भराजपुत्री परम तेज, यश, कान्ति तथा धैर्य से युक्त थी। वह नल को खोजती हुई अकेली ही उस वन में विचरण करने लगी।

"दमयन्ती अपने पति के विरह में व्याकुल थी। अतएव उस बीहड़ बयाबान में प्रवेश करके भी राजा भीम की वह राजपुत्री किसी भी जीव-जन्तु से भयभीत नहीं हुई।

"राजन्! विदर्भराजपुत्री दमयन्ती के अङ्ग-प्रत्यङ्ग में पति के विरह का शोक व्याप्त हो चुका था। वह एक शिलातल पर जा बैठी, और दारुण दुःख से आर्त होकर विलाप करने लगी।

"दमयन्ती बोली—'हे विशाल वक्ष वाले महाबाहु निषधराज! मुझको इस निर्जन वन में छोड़कर, महाराज! आज आप कहाँ चले गए?

'हे वीर! आपने अश्वमेध आदि यज्ञों में ब्राह्मणों को प्रभूत दक्षिणा दी थी। इस प्रकार के यज्ञ करके भी, नरश्रेष्ठ! आप मेरे साथ इस प्रकार का मिथ्या आचरण क्यों कर रहे हैं?

'भूमिपाल! उन आकाशचारी हंसों ने आपसे कुछ बातें कही थीं। उन पक्षियों ने मुझसे भी कुछ बातें कही थीं। आप उन सब बातों पर ही विचार करके देखिए।

'नरसिंह! एक ओर समस्त अङ्ग-उपाङ्गों सहित भलीभाँति पढ़े हुए चारों वेदों का विस्तार है। और दूसरी ओर केवल सत्यभाषण। सत्यभाषण निश्चय ही श्रेष्ठतर है।

'हे वीर! आपने पूर्व समय में मुझसे कुछ बातें कही थीं। अतएव, शत्रुघ्न नरेश्वर! आपको उस सत्य का ही पालन करना चाहिए।

'हे वीर नल! हे अनघ! आपकी प्रिया मैं दमयन्ती इस घोर वन में विनष्ट हो रही हूँ। आप मेरी बात का उत्तर क्यों नहीं देते?

'वन का सम्राट् यह सिंह रौद्र स्वभाव वाला और भयंकर आकृति वाला है। यह भूख से आतुर है। और यह मुँह बाए हुए मुझको पकड़ने के लिए तत्पर है। क्या आप इससे मेरा परित्राण नहीं कर सकते?

'राजन्! आप तो सदा ही ये कहते रहते थे कि मेरे अतिरिक्त आपकी कोई अन्य प्रिया नहीं है। कल्याण! आप अब अपने उस पुरोक्त वचन को पूरा करके दिखलाइए।

'नराधिप! मैं आपकी प्रियतमा पत्नी हूँ। आपने मुझसे प्रेम किया है। और आपने मेरा प्रेम पाया है। इस समय मैं पागल होकर पुकार रही हूँ। फिर भी आप मेरी बात का उत्तर क्यों नहीं देते?

'वसुधाधिप! मैं दुर्बल, दीन, कान्तिहीन तथा मलिन हो गई हूँ। मैंने आधे वस्त्र से ही अपने-आपको आच्छादित किया हुआ है। और मैं एकाकिनी होकर अनाथा के समान विलाप कर रही हूँ।

'पृथुलोचन! मैं तो अपने यूथ से बिछुड़ी हुई हरिणी के समान हूँ। आर्य अरिंदम! फिर भी आप मेरा मान नहीं रख रहे!

'महाराज! इस महान् वन में मैं सती दमयन्ती एकाकिनी हूँ। मैं आपको पुकार रही हूँ। आप मुझे प्रत्युत्तर क्यों नहीं देते?

'नरोत्तम! आप कुल और शील से सम्पन्न हैं। आप सर्वाङ्ग-सुन्दर होने के कारण शोभासम्पन्न हैं। फिर भी आज इस गिरिशिखर पर मुझे आपका दर्शन प्राप्त नहीं हो रहा।

'निषधनरेश! यह महाघोर वन सिंहों और व्याघ्रों से संकुल है। इस वन में मैं किससे पूछूँ कि आप कहीं सो रहे हैं, अथवा उपासीन हैं?

'मेरे शोक को बढ़ाने वाले नरश्रेष्ठ! इस वन में मैं किससे पूछूँ कि आप यहीं हैं या कहीं अन्यत्र चले गए? मैं आपके लिए दु:ख से आर्त हूँ। आपके शोक में मैं क्लान्त हो गई हूँ।

'इस वन में गमन करने वाले नल के विषय में मैं किससे पूछूँ—क्या तुमने इस वन में कहीं नल नाम के नृप को देखा है? क्या नल राजा से तुम्हारी भेंट हुई है?

'आज मैं किसके मुख से यह मधुर वाणी सुनूँ—जिस परम सुन्दर, महात्मा, शत्रुओं के व्यूह को विदीर्ण करने वाले, कमलनयन राजा नल को तुम खोज रही हो, वे ये रहे।

'यह वन का राजा, कान्तिमान्, चार दाढ़ों वाला, विपुल ठोड़ी वाला सिंहराज मेरे सामने से चला जा रहा है। मैं नि:शंक होकर इसके पास जाती हूँ और इससे

कहती हूँ—मैं विदर्भराज की पुत्री दमयन्ती हूँ। मुझको तुम पहिचान लो। मैं शत्रु का नाश करने वाले निषधराज नल की भार्या हूँ। मैं एकाकिनी अपने पति की खोज कर रही हूँ। शोक से संतप्त होकर मैं दीन हो चली हूँ। मृगेन्द्र! यदि तुमने कहीं राजा नल को देखा है तो उनका समाचार देकर मुझे आश्वासन दो।

—अथवा, वनराज! यदि तुम मुझको नल के विषय में कोई समाचार नहीं दे सकते तो तुम मेरा भक्षण कर लो। मृगश्रेष्ठ! इस घोर दु:ख से मुझको मुक्त कर दो।

'अहो! इस वन में मेरा विलाप सुनकर भी यह सिंह मुझको आश्वासन देने नहीं आ रहा। यह तो उस नदी की ओर जा रहा है जिसका जल स्वादु है और जो समुद्र में जा मिलती है।

''अच्छा, मैं इस पुण्य पर्वत से ही पूछे लेती हूँ। इसके बहुत-से ऊँचे-ऊँचे शिखर हैं। वे अनेक शिखर शोभायमान हो रहे हैं। उन शिखरों के रंग अनेक प्रकार के तथा मनोरम हैं।

''यह पर्वत नाना प्रकार की धातुओं से समाकीर्ण है। यह विविध प्रकार के शिलाखण्डों से विभूषित है। यह पर्वत इस महान् वन के ऊपर उठी हुई पताका के समान प्रतीत हो रहा है।

''यह पर्वत, सिंह, व्याघ्र, हाथी, वराह, रीछ तथा मृगों से संकुल है। इसमें विविध प्रकार के पक्षी चारों ओर से कलरव कर रहे हैं।

''यह पर्वत किंशुक, अशोक, बकुल, और पुन्नाग के वृक्षों से सुशोभित है। यह कनेर,धव तथा प्लक्ष के सुन्दर पुष्पों से शोभायमान है।

''इस पर्वत पर से अनेक नदियाँ बह रही हैं, और यह पक्षियों तथा शिखरों से समाकुल है। अतएव इस गिरिराज से ही राजा नल के विषय में पूछती हूँ—भगवन्! आप पर्वतों में श्रेष्ठ हैं। आपका दर्शन दिव्य है। आप बहुत विख्यात हैं। आप सबको शरण देने वालें हैं। आप बहुत कल्याण करने वाले हैं। महीधर! आपको मेरा नमस्कार है।

—मैं आपके समीप आकर आपको प्रणाम करती हूँ। मुझको आप राजा की पुत्री जानें। मैं राजा की पुत्रवधू हूँ , और राजा की ही पत्नी हूँ। मैं दमयन्ती के नाम से प्रसिद्ध हूँ।

—विदर्भ देश के राजा महारथी भीम मेरे पिता हैं। वे पृथिवी के स्वामी हैं,

और चारों वर्णों की सेवा करने वाले हैं।

—उन्होंने प्रचुर दक्षिणा वाले राजसूय तथा अश्वमेध यज्ञों का अनुष्ठान किया है। वे राजाओं में श्रेष्ठ हैं। उनके नेत्र विशाल, सुन्दर तथा चञ्चल हैं।

—वे ब्राह्मणभक्त, सदाचारी,सत्यवादी, और किसी का दोष न देखने वाले हैं। वे शीलवान् , पराक्रमी, प्रचुर सम्पत्ति के स्वामी, धर्मज्ञ तथा शुचि हैं।

—वे विदर्भ की प्रजा के सम्यक् संरक्षक हैं। उन्होंने अपने शत्रुओं को जीत लिया है, और वे बड़े ही शक्तिशाली हैं। आप मुझको उनकी पुत्री जानिए। भगवन्! मैं आपकी सेवा में उपस्थित हुई हूँ।

—निषध देश के महाराज मेरे श्वसुर थे। वे मनुष्यों में श्रेष्ठ थे। वे प्रातःस्मरणीय वीरसेन बहुत विख्यात थे।

—उन्हीं महाराज वीरसेन के एक पुत्र हैं। वे श्रीमान् तथा सत्यपराक्रम हैं। वे वंशपरम्परा से प्राप्त अपने पिता के राज्य का शासन कर रहे थे।

—उनका नाम नल है। वे शत्रुदमन, श्यामसुन्दर राजा नल पुण्यश्लोक कहलाते हैं। वे ब्राह्मणभक्त, वेदवेत्ता, सुवक्ता, पुण्यात्मा, सोमपान करने वाले और अग्निहोत्री हैं।

—वे यज्ञ करने वाले, दान देने वाले, शूरवीर, और श्रेष्ठ शासक हैं। आप मुझ अबला को उन्हीं की श्रेष्ठ पत्नी जानिए जो आपके पास यहाँ आई है।

—पर्वतराज! मैं धन-सम्पत्ति से वंचित हूँ, पति से बिछुड़ गई हूँ, और संकट में फँस गई हूँ। मैं इस वन में अपने पति की खोज कर रही हूँ।

—पर्वतश्रेष्ठ! आपके तो शत-शत गगनचुम्बी शिखर हैं। क्या आपने इस दारुण वन में कहीं राजा नल को देखा है?

—मेरे महायशस्वी पति गजराज की चाल से चलते हैं। वे बहुत बुद्धिमान् , महाबाहु, क्रोध का त्याग करने वाले, पराक्रमी, सत्त्ववान्, और वीर हैं।

—क्या आपने उन निषधराज नल को कहीं देखा है? पर्वतश्रेष्ठ! मैं एकाकिनी विलाप कर रही हूँ। मैं विह्वल हो गई हूँ। क्या आप मुझको अपनी दुःखिता पुत्री मानकर आज आश्वासन के वचन नहीं कहेंगे?

'वीर! विक्रान्त! धर्मज्ञ और सत्यवादी महीपाल! यदि आप इस वन में विद्यमान हैं तो, राजन्! आप अपने-आप ही मुझे अपने दर्शन दे दीजिए।

'निषधराज नल की वाणी मेघगर्जना के समान अत्यन्त स्निग्ध और गम्भीर

है। मैं कब उस अमृत के समान मधुर वाणी को सुनूँगी?

'वे महामना राजा जब मुझको वैदर्भि के सम्बोधन से अपनी शुभ, वेदानुकूल और सुन्दर पदों से युक्त वाणी में पुकारेंगे तभी मेरा यह शोक दूर होगा।

'धर्मवत्सल नरेश! मैं भयभीत हूँ। आप मुझे आश्वासन दीजिए।'

''उस राजपुत्री दमयन्ती ने इस प्रकार उस गिरिश्रेष्ठ से अपनी बात कही। तदनन्तर वह पुनरेण उत्तर दिशा की ओर चल पड़ी।

: २ :

''नारीजाति में अतुलनीय वह दमयन्ती तीन रात तक चलती रही। तब उसने एक तपोवन देखा। वह तपोवन दिव्य कानन के बीच शोभायमान था।

''उस तपोवन में वसिष्ठ, भृगु , और अत्रि के समान तापस-गण विद्यमान थे। वे सब नियम का पालन करने वाले, मिताहारी तथा दम और शौच आदि से समन्वित थे।

''वहाँ कुछ तपस्वी केवल जल का आहार करने वाले थे। कुछ अन्य तपस्वी वायु का ही भक्षण करने वाले थे। और कुछ अन्य तपस्वी केवल पत्ते चबाकर जीवित रहने वाले थे। वे सब जितेन्द्रिय, महाभाग तथा स्वर्ग के मार्ग को देखने की अभीप्सा करने वाले थे।

''वे संयतेन्द्रिय मुनि बल्कल तथा मृगचर्म धारण किये हुए थे। दमयन्ती ने ऐसे तपस्वियों द्वारा सेवित उस रम्य आश्रममण्डल को देखा।

''उस आश्रय में नाना प्रकार के मृगों और वानरों के समुदाय विचरण कर रहे थे। तपस्वियों से भरे हुए उस आश्रम को देखकर दमयन्ती को सान्त्वना प्राप्त हुई।

''दमयन्ती की भौंहें बड़ी सुन्दर थीं। उसके केश सुन्दर थे। उसके नितम्ब तथा पयोधर भी बहुत सौष्ठव-सम्पन्न थे। उसके मुख में सुन्दर दाँतों की पंक्तियाँ थीं। उसके नयन बड़े-बड़े और कजरारे थे। वह तेजस्विनी तथा बड़ी प्रतिष्ठा वाली थी।

''दमयन्ती वीरसेन के पुत्र की प्रियतमा थी। वह रमणियों में रत्न के समान थी। उस महाभागा किन्तु उस समय दीन बनी हुई दमयन्ती ने आश्रम के भीतर प्रवेश किया।

''वह उन तपोवृद्ध महात्माओं को प्रणाम करके और विनय से अवनत

होकर वहाँ खड़ी हो गई। उन समस्त श्रेष्ठ तपस्वियों ने उससे कहा—'देवि! हम तुम्हारा स्वागत करते हैं।'

''तदनन्तर उन तपस्वियों ने दमयन्ती का यथोचित आदर-सत्कार किया। और वे उससे बोले—'देवि! तुम बैठ जाओ, और हमको बतलाओ कि हम तुम्हारे लिए क्या करें?'

''उस सुन्दरी दमयन्ती ने उन तपस्वियों से कहा—'निष्पाप महाभागगण! आप लोग यहाँ तप, अग्निहोत्र, धर्म, मृग और पक्षियों के पालन, तथा अपने व्रतों के आचरण के विषय में तो सकुशल हैं?'

''उन लोगों ने उत्तर दिया—'भद्रे! यशस्विनि! सर्वत्र कुशल है। सर्वाङ्ग-सुन्दरि! तुम बतलाओ कि तुम कौन हो, और क्या करना चाहती हो? तुम्हारे इस परम रूप और परम कान्ति को यहाँ देखकर हम सबको विस्मय हो रहा है। तुम धैर्य धारण करो, शोक मत करो। क्या तुम इस वन की देवी हो, अथवा इस पर्वत की अधिदेवता? कल्याणि! अनिन्दिते! अथवा क्या तुम इस नदी की अधिष्ठात्री देवी हो? तुम सच-सच बतला दो।'

''दमयन्ती ने उन ऋषियों से कहा—'विप्रगण! मैं न तो इस वन की, और न इस पर्वत की देवी हूँ, और न मैं नदी की अधिदेवता हूँ। तपोधनो! आप सब मुझको मानुषी ही समझें।

'मैं विस्तारपूर्वक अपना परिचय प्रस्तुत करती हूँ। आप लोग उसे पूरा सुनिए। विदर्भ देश में भीम नाम के एक महीपाल हैं। द्विज-श्रेष्ठो! आप-सब मुझे उनकी पुत्री मानिए।

'निषध देश के अधिपति राजा नल मेरे पति हैं। वे बुद्धिमान् और महायशस्वी हैं। वे वीर, संग्रामजित, बुद्धिमान् तथा प्रजापालक हैं।

'महाराज नल देवताओं की पूजा में रत रहते हैं, और ब्राह्मणों के प्रति स्नेहयुक्त हैं। वे महातेजस्वी, महाबली, और निषध कुल के संरक्षक हैं। वे सत्यवान्, धर्मवेत्ता, प्राज्ञ, सत्यप्रतिज्ञ और शत्रुओं का मर्दन करने वाले हैं।

'राजाओं में श्रेष्ठ राजा नल ब्राह्मणों के भक्त हैं, देवताओं के उपासक, श्रीमान् , शत्रुओं को जीतने वाले और देवराज इन्द्र के समान तेजस्वी हैं।

'मेरे पति के नयन विशाल हैं। और उसका मुख पूर्णबिम्ब चन्द्रमा के समान सुन्दर है। वे शत्रुओं का संहार करने वाले, मुख्य-मुख्य यज्ञों के अनुष्ठाता और

वेद-वेदाङ्ग में पारंगत हैं।

'उन्होंने रणभूमि में कितने ही शत्रुओं का संहार किया है। उनकी प्रभा सूर्य और चन्द्रमा की प्रभा के समान है। उन सत्यनिष्ठ और धर्मपरायण पृथिवीपति को कुछ द्यूत-कुशल और कुटिल लोगों ने द्यूत के लिए आमन्त्रित किया। वे लोग कपटबुद्धि, अनार्य और दुरात्मा थे। उन लोगों ने राजा नल के राज्य तथा धन का अपहरण कर लिया।

'आप लोग मुझे उन्हीं नृपश्रेष्ठ की भार्या जानिए। मैं दमयन्ती के नाम से विख्यात हूँ। मैं अपने पति के दर्शन के लिए लालायित हूँ।

'मेरे पति राजा नल युद्ध-विशारद और समस्त शस्त्रास्त्रों के ज्ञाता हैं। मैं उन्हीं की खोज करती हुई वन, पर्वत, सरोवर, नदी तथा तलैया के तटों पर घूम रही हूँ। मैं उन्हीं की खोज में घने जंगलों को छान रही हूँ।

'क्या निषध देश की प्रजा के स्वामी राजा नल आप लोगों के इस रम्य तपोवन में आए थे?

'ब्रह्मन्! उनकी खोज करने के लिए मैं इस अत्यन्त दारुण, भयंकर, घोर तथा सिंह आदि मृगों द्वारा सेवित वन में आई हूँ।

'यदि मैं कई-एक दिन-रात व्यतीत होते-होते राजा नल को नहीं देख पाऊँगी तो मैं अपनी देह का त्याग करके अपनी आत्मा का कल्याण करूँगी।

'उन नरश्रेष्ठ राजा के बिना मेरे इस प्राणधारण का भला क्या प्रयोजन है? पति के शोक से पीड़ित होकर अब मैं न जाने कैसी दशा को प्राप्त हो जाऊँगी।'

''भीमनन्दिनी दमयन्ती एकाकिनी रहकर इस प्रकार उस वन में विलाप कर रही थी। तब सत्य के द्रष्टा उन तपस्वियों ने उससे कहा—'कल्याणि! हम अपने तपोबल से स्पष्ट देख रहे हैं कि तुम्हारा कल्याण होगा। तुम शीघ्र ही निषधराज के दर्शन करोगी।

'भैमि! तुम निषध देश की प्रजा के अधिपति, शत्रुओं का संहार करने वाले, धर्मात्माओं में श्रेष्ठ राजा नल को सब प्रकार की चिन्ता से मुक्त देखोगी।

'राजा नल समस्त पापों से मुक्त होकर समस्त रत्नों से सम्पन्न हो जाएँगे। वे शत्रुदमन राजा फिर उसी श्रेष्ठ नगर के शासक बनेंगे।

'वे फिर अपने शत्रुओं के मानस में भय उत्पन्न करने वाले और अपने सुहृदों के शोक का नाश करने वाले होंगे। कल्याणि! सत्कुल में उत्पन्न हुए अपने पति

राजा नल को तुम अवश्य देखोगी।'

"उन तपस्वियों ने राजा नल की प्रियतमा महारानी और राजपुत्री दमयन्ती से यह कहा। तदनन्तर वे अपने अग्निहोत्र तथा आश्रम सहित अन्तर्धान हो गए।

"सर्वाङ्ग-सुन्दरी दमयन्ती ने इस महान् आश्चर्य को देखा। और तब वह महाराज वीरसेन की पुत्रवधू विस्मित हो उठी।

"दमयन्ती सोचने लगी—'क्या मैंने कोई स्वप्न देखा है? यहाँ यह कैसी विचित्र घटना हो गई? वे समस्त तपस्वी कहाँ गए? और वह आश्रम-मण्डल कहाँ है?

'पक्षियों द्वारा संकुल तट वाली वह पुण्यसलिला और रमणीय नदी कहाँ है? और फल-फूलों से शोभायमान वे हृदयहारी वृक्ष कहाँ गए?'

: ३ :

"इस प्रकार विचार करती हुई वह मधुर मुस्कान वाली भीमपुत्री दमयन्ती पति के शोक से दीन और म्लानमुख हो गई।

"तदनन्तर वह आगे की ओर बढ़ती हुई एक अन्य स्थान पर जाकर अश्रुगद्गद् वाणी में विलाप करने लगी। तब आँसुओं से आपूर्ण आँखोंवाली दमयन्ती ने एक अशोक वृक्ष को देखा।

"अशोक का वह श्रेष्ठ वृक्ष फूलों से लदा हुआ था। वह वृक्ष पल्लवों से आच्छादित और पक्षियों के कलरव से गुंजायमान था। दमयन्ती उस मनोहर वृक्ष के समीप गई।

"दमयन्ती ने अपने मन में कहा—'अहो! इस वनप्रान्त में यह अशोक का वृक्ष बहुत ही सुन्दर है। पत्र तथा पुष्प की राशि से अलंकृत यह वृक्ष शिखरों से सुशोभित पर्वतराज की भाँति शोभायमान है।'

"दमयन्ती ने अशोक वृक्ष को सम्बोधित किया—'हे प्रियदर्शन अशोक! आप शीघ्र ही मुझको भी शोकरहित कर दीजिए। क्या आपने राजा नल को शोक,भय और बाधा से विहीन देखा है?

'दमयन्ती के प्रिय पति राजा नल शत्रुओं का दमन करने वाले हैं। क्या आपने निषध की प्रजा के स्वामी राजा नल को देखा है?

'राजा नल ने अपनी देह को आधे वस्त्र से आच्छादित कर रक्खा है। उनका

शरीर तथा उनकी त्वचा अत्यन्त सुकुमार हैं। वे वीरवर नल संकट से ग्रस्त होकर इस वन में आए हैं।

'हे अशोक वृक्ष! आप ऐसा उपाय कीजिए कि जिससे मैं शोक-रहित हो जाऊँ। आप तो शोक का नाश करने वाले अशोक हैं। हे अशोक! आप अपने नाम को चरितार्थ कीजिए।'

"शोक से आर्त सुन्दरी दमयन्ती ने इस प्रकार प्रार्थना करते हुए उस अशोक वृक्ष की परिक्रमा की। तदनन्तर वह और भी बीहड़ वन में चली गई।

"उस वन में दमयन्ती ने अनेक वृक्ष देखे तथा अनेक नदियाँ देखीं। वहाँ उसने अनेक रम्य पर्वत और अनेक प्रकार के पशु और पक्षी देखे।

"पति की खोज करती हुई उस भीमनन्दिनी ने वहाँ अनेक गिरिगुहा देखीं और पर्वतों के पार्श्व देखे। उसने अद्‌भुत दीख पड़ने वाली अनेक नदियाँ भी देखीं।

: ४ :

"इस प्रकार उस मनोहर मुस्कान वाली दमयन्ती ने बहुत लम्बा पथ पार कर लिया। तब उसने हाथियों और घोड़ों से संकुल एक महासार्थ(=बनजारों के समवाय) को देखा।

"वह महासार्थ एक रम्य नदी को पार कर रहा था। उस शोभनीय नदी का जल बहुत स्वच्छ और शीतल था, तथा उसका पाट बहुत चौड़ा था। बेंत के वृक्षों से आच्छादित तटों वाली वह नदी बहुत ही हृदयहारिणी थी। उस नदी के कूल पर क्रौंच, कुरर और चक्रवाक पक्षी कलरव कर रहे थे। उसके प्रवाह में अनेक भँवर थे। वह कछुओं, मगरों और मछलियों से भरी हुई थी। और अपने बीच में उभरे हुए विस्तृत द्वीप के कारण वह शोभायमान थी।

"नल की पत्नी यशस्विनी दमयन्ती ने उस महासार्थ को देखा। उसको देखते ही वह सुन्दरी उन लोगों के समवाय में घुस गई।

"दमयन्ती का रूप पागलों-जैसा हो गया था। वह शोक से आर्त थी। उसका शरीर केवल आधे वस्त्र से आच्छादित था। वह दुर्बल, मलिन और उदास हो गई थी। और उसके केशों पर पथप्रान्त की धूल जम गई थी।

"अतएव उसको देखकर कुछ लोग भयभीत होकर भाग खड़े हुए, कुछ

अन्य लोग चिन्ताग्रस्त हो गए, और कुछ ने वहाँ चीखना-चिल्लाना आरम्भ कर दिया।

''भारत! कुछ लोग दमयन्ती का उपहास उड़ा रहे थे, और कुछ लोग उसमें दोष निकाल रहे थे। कुछ लोगों ने उसके प्रति दयाभाव दिखलाया। और कुछ लोगों ने उससे प्रश्न पूछे—'कल्याणि! तुम कौन हो? तुम किसकी स्त्री हो, और इस वन में क्या खोज रही हो? तुमको देखकर हम लोग व्यथित हो गए हैं। क्या तुम मानुषी हो?

'तुम यक्षी हो, राक्षसी हो, अथवा देवांगना हो? अनिन्दिते! तुम सब प्रकार से हमारा कल्याण तथा संरक्षण करो।

'कल्याणि! तुम ऐसी कृपा करो जिससे कि हमारे इस महासार्थ का सब प्रकार से कल्याण हो, और यह शीघ्र ही इस वन को पार कर जाए। हम सब लोगों का कल्याण होना चाहिए।'

''सार्थवाहों ने दमयन्ती से यह वचन कहे। तब उस साध्वी राजपुत्री ने, जो अपने पति के वियोग से जनित दुःख द्वारा पीड़ित थी, यह प्रत्युत्तर दिया—'यहाँ पर आप सार्थवाह लोग हैं। यहाँ पर आपका यह सार्थ है। इस सार्थ के साथ चलने वाले युवक, वृद्ध तथा बालक भी यहाँ हैं। और सार्थ के सरदार लोग भी यहाँ पर विद्यमान हैं। आप सबसे मैं यह कहती हूँ कि आप मुझको मानुषी ही जानिए। मैं मनुष्यों के राजा की पुत्री हूँ। मैं राजा की पुत्रवधू और राजा की भार्या हूँ। मैं अपने पति के दर्शन की लालसा से इस वन में भटक रही हूँ।

'विदर्भ देश के राजा मेरे पिता हैं। नल नाम के निषधराज मेरे महाभाग पति हैं। मैं उन्हीं अपराजित वीर नल को यहाँ खोज रही हूँ।

'यदि आप लोग उन नरेन्द्र के विषय में कुछ भी जानते हैं तो तुरन्त ही कह डालिए। वे राजा नल मेरे प्रिय हैं। और वे पुरुषों में सिंह के समान तथा शत्रुओं का संहार करने वाले हैं।'

''उस महासार्थ का स्वामी शुचि नाम का वणिक् था। उसने सर्वाङ्ग-सुन्दरी दमयन्ती से कहा—'कल्याणि! तुम मेरी बात सुनो।

'शुचिस्मिते! मैं इस सार्थ का नेता और स्वयं सार्थवाह हूँ। यशस्विनी! नल नाम के किसी मनुष्य को तो मैंने नहीं देखा।

'यह समस्त वन मनुष्येतर प्राणियों से पटा पड़ा है। इसके भीतर मैंने हाथी

देखे हैं, महिष देखे हैं, व्याघ्र, रीछ और मृग देखे हैं।

'किन्तु तुम-जैसी मानुषी के अतिरिक्त मैंने किसी अन्य मनुष्य को तो इस वन में नहीं देखा। अतएव मैं यक्षराज मणिभद्र से प्रार्थना करता हूँ कि वे इस वन में हमारे ऊपर अपनी कृपा बनाए रक्खें।'

"तब दमयन्ती ने उस सार्थवाह तथा अन्यान्य समस्त वणिकों से पूछा—'आप लोग मुझको इतना बतला दें कि यह सार्थ़ कहाँ जाएगा।'

"सार्थवाह ने उत्तर दिया—'यह सार्थ शीघ्र ही सत्यदर्शी चेद्दिराज सुबाहु के देश में जाएगा। मनुजात्मजे! वहाँ पर हमें विशेष लाभ कमाने की आशा है।' "

१४

बृहदश्व बोले: "उस सर्वाङ्ग-सुन्दरी दमयन्ती ने सार्थवाह के वचन सुने। तदनन्तर वह पति को पाने की लालसा से उसी सार्थ के साथ चलने लगी।

"बहुत-से दिन का समय बीत जाने पर वे वणिक् एक महान् और बीहड़ वन में जा पहुँचे। वहाँ पर उन लोगों ने सब ओर से सुन्दर और पद्मों से सुगन्धित एक सरोवर को देखा।

"उस रम्य सरोवर के समीप घास तथा ईंधन की प्रचुरता थी। फल और फूल भी वहाँ प्रचुर मात्रा में प्राप्य थे। उस सरोवर के चारों ओर बहुत से पक्षी निवास कर रहे थे।

"उस सरोवर का जल निर्मल, स्वादिष्ट, मनोहर तथा शीतल था। उन वणिकों के वाहन बहुत श्रान्त हो चुके थे। अतएव उन लोगों ने निश्चय किया कि वे लोग वहीं पर पड़ाव डालेंगे।

"तब सार्थ के नेता की आज्ञा प्राप्त करके उन लोगों ने उस उत्तम वन में प्रवेश किया। और वह महासार्थ उस सरोवर के पश्चिम तट पर ठहर गया।

"तदनन्तर आधी रात का समय हुआ। चारों ओर निस्तब्धता छाई हुई थी। वह परिश्रान्त सार्थ सोया पड़ा था। ऐसे समय में हाथियों का एक झुंड पहाड़ी नदी का पानी पीने के लिए उस ओर आया।

"उस नदी का जल उन हाथियों के मद से मैला हो गया। तब उन जंगली

हाथियों ने उस सार्थ को और सार्थ के साथ जाने वाले अनेकानेक हाथियों को देखा।

''जंगल के वे समस्त हाथी मद से उन्मत्त थे। पालतू हाथियों को देखते ही जंगली हाथियों में उनको मार डालने की इच्छा जागी। और वे जंगली हाथी वेग के साथ पालतू हाथियों की ओर दौड़ पड़े।

''जंगली हाथियों का वह आक्रमण ऐसा था मानो पर्वत के अग्रभाग से उसके शिखर टूट-टूट कर धरा पर गिर रहे हों। वह आक्रमण अत्यन्त दुःसह हो गया।

''किन्तु द्रुतगति से दौड़ते हुए उन जंगली हाथियों के लिए वन का मार्ग अवरुद्ध था। कारण, सरोवर की ओर जाने वाले मार्ग को अवरुद्ध करके वह महान् सार्थ सोया हुआ था।

''उन जंगली हाथियों ने उठकर भागने की चेष्टा करने वाले उस सार्थ को सहसा धरती पर गिराकर रौंद डाला। शरण खोजने वाले वे सार्थवाह लोग हाहाकार कर उठे।

''वन के झुरमुटों की ओर भागते हुए अनेक लोग निद्रा के कारण अंधे हो गए थे। उन लोगों को जंगली हाथियों ने मार डाला। कुछ अन्य लोग हाथियों के दाँतों से मारे गए , कुछ लोग उनके सूड़ों की लपेट में आकर मर गए , और कुछ उनके पाँवों तले कुचले गए।

''सार्थ के बहुत से ऊँट और घोड़े मारे गए। उस सार्थ में पदाति लोग ही बहुसंख्यक थे। वे लोग भयभीत होकर चारों ओर भाग निकले, और एक-दूसरे की चपेट में आकर बहुत से लोग मारे गए।

''बहुत से लोग आर्तनाद करते हुए धरती पर गिर पड़े। कुछ लोगों ने शीघ्रतापूर्वक वृक्षों पर चढ़ने की चेष्टा की, और वे नीचे की विषम भूमि पर गिर पड़े।

''राजन्! इस प्रकार दैव के प्रकोप से बहुत-से हाथियों ने आक्रमण करके उस समस्त समृद्ध सार्थमण्डल को नष्ट कर दिया।

''वहाँ पर तीनों लोकों को भयभीत कर देने वाला घोर कोलाहल हो रहा था। कोई कह रहा था—'अरे! यह तो आग लग गई! भारी संकट आया है! हमको बचाओ! अब यहाँ से भागो!'

''कोई और कह रहा था—'अरे! ये रत्नों की राशि बिखरी पड़ी है! इसको

संभालो! भाग क्यों रहे हो? यह धन तो

कह रहा।'

"कोई-कोई कह रहा था—'अरे! इस समय य

भागने दो। मैं फिर तुमसे बाते करूँगा।' इस प्रकार की बातें कहते

सब लोग भाग खड़े हुए।

"इस प्रकार वहाँ पर वह दारुण नरमेध हो रहा था। तब दमयन्ती भी जाग उठी। और उसका मानस भय से संत्रस्त हो गया।

"उसने सब लोगों को भयभीत कर देने वाला वह अभूतपूर्व नरसंहार अपनी आँखों से देखा। और उसको देखकर वह कमलनयना बाला, भय से विह्वल होकर, स्तब्ध रह गई। वह विजड़ित-सी होकर धरती से सट गई। फिर वह किसी प्रकार उठ कर खड़ी हुई।

"उस सार्थ के जो लोग बच गए थे और घायल नहीं हुए थे वे सब समवेत होकर कहने लगे—'यह सब किस के पाप-कर्म का फल है?

'हम लोगों ने निश्चय ही महायशस्वी यक्ष मणिभद्र की पूजा नहीं की। हमने श्रीमान् यक्षराज और हमारे स्वामी कुबेर की पूजा नहीं की। न ही हमने विघ्नकर्ता विनायकों की पूजा सर्वप्रथम की।

'अथवा हमने जो विपरीत शकुन देखे थे उनका यह अनिवार्य फल है। यदि हमारे ग्रह विपरीत नहीं होते तो हमारे ऊपर यह संकट आता ही कैसे?'

"कुछ अन्य लोगों के बन्धु-बाँधव मारे गए थे। उन लोगों का धन भी नष्ट हो गया था। वे लोग बोले—'आज इस महासार्थ में एक उन्मत्त-सी दीख पड़ने वाली स्त्री आई है।

'वह अवश्य ही कोई विकृत आकार वाली राक्षसी है। वह मनुष्य का रूप धारण करके हमारे सार्थ में प्रविष्ट हो गई है। उसी ने पहिले से ही यह परम भयंकर माया फैला रक्खी थी।

'वह अवश्य ही कोई राक्षसी अथवा यक्षी अथवा भयंकर पिशाची थी। यह सब पापकृत्य उसी का किया हुआ है। इस विषय में किसी को कोई संशय नहीं करना चाहिए।

'उस पापिनी ने सार्थ का विध्वंस किया है। वह हम लोगों को अनेक दुःख देने वाली है। यदि हम लोग उसको कहीं देख पाएँ तो उसको ढेले, डंडे और घूँसे

... ऊपर धूल और फूँस फैंक कर अवश्य ही उसको मार डालें।
...लिए तो वह निश्चय ही कृत्या बन कर आई थी।'

...यन्ती ने उन लोगों की वे अत्यन्त कठोर बातें सुनीं। वह लाज से गल ... और वह भय से उद्विग्न तथा आशंकित होकर वन की ओर भाग निकली। वन में जाकर उसने अपनी परिस्थिति पर विचार किया।

"और वह परिवेदना करने लगी—'अहो! विधाता का मुझ पर अत्यधिक और महान् कोप है। इसी कारण मुझको कहीं भी कुशल की प्राप्ति नहीं होती। न जाने यह मेरे कौन-से कर्म का फल है?

'मैं यह स्मरण नहीं कर पा रही कि मैंने मन से, वचन से अथवा कर्म से कभी कोई अणु-मात्र भी अशुभ चेष्टा की हो। न जाने यह मेरे कौन-से कर्म का फल है?

'निश्चय ही यह मेरे पूर्व जन्मों के किसी महान् पापकर्म का फल मुझे मिल रहा है। इसीलिए मैं एक के अनन्तर दूसरे कष्ट में ग्रस्त हो जाती हूँ।

'मेरे पति के राज्य का अपहरण हुआ। उनको उनके स्वजन ने ही पराजित किया। मैं अपने पति से बिछुड़ गई। और मेरी संतान का भी मुझ से वियोग हो गया। इतना ही नहीं, मुझे इस हिंस्र पशुओं से संकुल वन में वास करना पड़ रहा है।'

"तब दूसरा दिन आया। उस सार्थ के जो लोग मरने से बच गए थे वे उस स्थान से दूर जाकर पूर्व रात्रि में हुए संहार के लिए शोक करने लगे। राजन्! कोई अपने भाई के लिए रो रहा था, कोई अपने पिता के लिए, और कोई अपने सखा के लिए।

"विदर्भराजपुत्री दमयन्ती भी सोचने लगी—'मैंने न जाने कौन सा दुष्कृत किया है। मुझको इस निर्जन वन में, समुद्र के समान इस जनसमुदाय में शरण मिली थी। मेरे मन्दभाग्य के कारण हाथियों के यूथ ने उस जनसमुदाय को नष्ट कर दिया। यह निश्चित है कि मुझे अभी और भी दीर्घकाल तक दुःख भोगना पड़ेगा।

'मैंने वृद्धों की कही हुई बात सुन रक्खी है कि जिसकी मृत्यु का समय नहीं आया हो वह मनुष्य मर नहीं सकता। इसीलिए मुझ दुःखिता को आज उस हाथियों के यूथ ने नहीं कुचला।

'मनुष्यों के इस संसार में विधाता के किए बिना कुछ नहीं होता। किन्तु मैंने अपने बाल्यकाल में भी मन से, वचन से अथवा कर्म से कोई ऐसी चेष्टा नहीं की जिसके फलस्वरुप मुझे यह दुःख प्राप्त हो।

'मेरे स्वयंवर में लोकपाल-गण आए थे। मैंने नल के लिए उन देवताओं का तिरस्कार कर दिया था। मैं समझती हूँ कि उन देवता लोगों के प्रभाव से ही मैं वियोग का यह दुःख भोग रही हूँ।'

''इस प्रकार उस वरनारी और पतिव्रता दमयन्ती ने दुःख से आर्त होकर अनेक प्रकार से विलाप तथा प्रलाप किया।

''उस सार्थ के साथ जाने वाले कुछ वेद-पारंगत ब्राह्मण मरने से बच गए थे। नृपश्रेष्ठ! शरत्काल की चन्द्रकला के समान सुन्दरी दमयन्ती उन ब्राह्मणों के साथ यात्रा करने लगी।

''इस प्रकार यात्रा करती हुई वह बाला शीघ्र ही एक राजपुरी में जा पहुँची। वह सत्यदर्शी चेदिराज सुबाहु की राजधानी थी। उस समय साँझ हो चली थी।

''आधे वस्त्र से आच्छादित देह वाली दमयन्ती ने उस उत्तम पुरी में प्रवेश किया। वह विह्वल, दुर्बल और दीन हो गई थी। उसके केश खुल गए थे और उसके गात्र मलिन थे।

''पुरवासियों ने देखा कि एक उन्मत्त-सी दीख पड़ने वाली स्त्री पथ को पार करती हुई चेदिराज की पुरी में प्रवेश कर रही है।

''तब कौतूहल के वशीभूत होकर बहुत से ग्रामीण बालक उसके समीप आ गए। उनसे घिरी हुई दमयन्ती राजप्रासाद के पास जा पहुँची।

''राजमाता राजप्रासाद की छत पर बैठी थी। उसने लोगों से घिरी हुई दमयन्ती को देख लिया। वह अपनी धाय से बोली—'जा, उस स्त्री को मेरे पास ले आ!

'वह कोई दुःखिता शरणार्थिनी है। लोग उसको तंग कर रहे हैं। मैंने ऐसा रूप नहीं देखा। इसने तो मेरा प्रासाद ही आलोकित कर दिया है। यह है तो उन्मत्तवेषा, किन्तु यह विशाल नेत्रों वाली कल्याणी लक्ष्मी के समान जान पड़ती है।'

''धाय उस जनगण को हटाकर दमयन्ती को प्रासाद-तल पर ले गई। राजमाता ने विस्मित होकर दमयन्ती से पूछा—'तुम इतने बड़े दुःख से दबी हुई हो। फिर भी तुम्हारी देह की कान्ति मलिन नहीं हुई?

'तुम मेघमाला में चमकने वाली विद्युत् के समान देदीप्यमान हो। तुम कौन

हो, और किसकी स्त्री हो? यद्यपि तुम्हारी देह पर कोई आभूषण नहीं है, किन्तु फिर भी तुम्हारा यह रूप मानुषीय तो नहीं है। हे अमरप्रभे! तुम इस असहाय अवस्था को प्राप्त होकर भी जनगण से घबरा क्यों नही रही?'

'राजमाता के वचन सुनकर दमयन्ती ने उत्तर दिया—'आप मुझको पति-परायणा मानुषी ही समझिए। मैं जाति की सैरिन्ध्री हूँ। इसलिए मैं आजीविका के लिए जहाँ मेरा मन चाहता है वहीं वास करती हूँ।

'मैं एकाकिनी हूँ। और फल-फूल खाकर अपना निर्वाह कर लेती हूँ। जहाँ साँझ हो जाती है वहीं मैं ठहर जाती हूँ। मेरे पति में असंख्य गुण विद्यमान हैं। वे सदा मेरे प्रति अनुरक्त रहते हैं।

'मैं भी उन वीरवर की भक्त हूँ। मैं छाया के समान उनका अनुसरण करने वाली हूँ। दैववश मेरे पति एक दिन द्यूत के खेल में अत्यन्त आसक्त हो गए।

'द्यूत में वे हार गए और एकाकी ही वन में चले गए। वे वीर एक ही वस्त्र पहने हुए थे और उन्मत्त तथा विह्वल हो गए थे।

'मैं भी अपने पति को सान्त्वना देती हुई उनके साथ-साथ वन में चली आई। तब एक दिन वे वीर किसी काम से वन में गए थे।

'वे भूख और प्यास से पीड़ित होकर अनमने हो गए थे। अतएव उनका वह एक वस्त्र भी कहीं छूट गया। मेरे शरीर पर भी एक ही वस्त्र था। और वे नग्न, उन्मत्त-से तथा अचेतन हो रहे थे।

'मैं उनका अनुसरण करती हुई अनेक रात तक नहीं सो सकी। इस प्रकार बहुत समय बीत गया। तब वे मुझको सोती हुई छोड़कर चले गए।

'मेरे वस्त्र में से आधा वस्त्र काटकर उन्होंनें पहिन लिया। और वे मुझ निर्दोष का परित्याग कर गए। मैं अपने उन पतिदेव की खोज करती हुई दिन और रात जलती रहती हूँ।

'मेरे प्रियतम की कान्ति कमल के भीतरी भाग के समान है। वे देवताओं के समान तेजस्वी और मेरे प्राणेश्वर प्रभु हैं। बहुत खोज कर लेने पर भी मैं अपने उन प्रियतम का कोई पता नहीं पा रही हूँ।'

''भीमराजपुत्री के नयन आँसुओं से भर आए थे। वह बहुत ही आर्त स्वर में विलाप कर रही थी। राजमाता स्वयं भी उसके दु:ख से दु:खित हो गईं। वे दमयन्ती से बोलीं—'कल्याणि! तुम मेरे पास रहो। तुम पर मेरा बहुत प्रेम है।

भद्रे! मेरे सेवक तुम्हारे पति की खोज करेंगे।

'अथवा यह भी सम्भव है कि तुम्हारे पति इधर-उधर घूमते हुए स्वयं ही यहाँ आ पहुँचें। भद्रे! तुम यहीं पर वास करती हुई अपने पति को प्राप्त कर लोगी।'

''राजमाता के वचन सुनकर दमयन्ती ने कहा—'वीरमातः! मैं एक शर्त पर ही आपके पास रह सकती हूँ।

'मैं किसी की जूठन नहीं खाऊँगी। मैं किसी के पाँव नहीं धोऊँगी। और न मैं किसी परपुरुष से कभी वार्तालाप करूँगी।

'यदि कोई पुरुष मुझे प्राप्त करना चाहेगा तो वह पुरुष आपके द्वारा दण्डनीय होगा। और यदि कोई पुरुष बार-बार ऐसा अपराध करेगा तो उस मूढ़ को मृत्युदण्ड दिया जाएगा। यही मेरा निश्चित व्रत है।

'अपने पति की खोज के लिए मैं केवल ब्राह्मणों से ही साक्षात्कार करूँगी। यदि आपको यह सब स्वीकार हो तो मैं आपके पास रह जाऊँगी। इस विषय में कोई संशय नहीं रहना चाहिए। इसके विपरीत होने पर मेरा मन कहीं भी निवास करने को नहीं करता।'

''राजमाता ने प्रसन्न होकर दमयन्ती से कहा—'मैं यह सब स्वीकार करती हूँ। यह तो सौभाग्य की बात है कि तुमने इस प्रकार का व्रत धारण किया है।'

''राजन्! दमयन्ती से यह कहकर राजमाता ने सुनन्दा नाम की अपनी पुत्री से यह कहा—'सुनन्दे! इस सैरिन्ध्री को तुम देवी के समान समझो। यह आयु में तुम्हारे बराबर है। अतएव यह तुम्हारी सखी बनकर रहेगी। तुम प्रसन्नचित्त होकर सदा इसके साथ आमोद-प्रमोद करो।'

''सुनन्दा अपनी सखियों से घिरी हुई थी। राजमाता की बात सुनकर वह बहुत प्रसन्न हुई, और वह दमयन्ती को अपने साथ लेकर अपने आवास में चली गई।

''सुनन्दा ने दमयन्ती की इच्छानुसार सब बातों की व्यवस्था कर दी। वह दमयन्ती को बड़े आदर-सत्कार के साथ रखने लगी। और दमयन्ती भी प्रसन्न होकर उद्वेग-रहित मन से वहाँ वास करने लगी।''

१५

बृहदश्व बोले : ''राजन्! राजा नल जब दमयन्ती को त्यागकर चले गए तो उन्होंने उस गहन वन में जलती हुई एक महान् दावानल को देखा।

''उस दावानल के बीच से उन्होंने किसी प्राणी का शब्द सुना। कोई उच्चस्वर से बार-बार कह रहा था—'पुण्यश्लोक नल! दौड़िए और मुझको बचाइए।'

''नल ने कहा—'डरो मत।' और यह कहकर वे उस दावानल के बीच में घुस गए। वहाँ पर उन्होंने देखा कि एक नागराज कुण्डली मार कर सो रहा है।

''राजा नल को देखकर वह भय से काँपता हुआ हाथ जोड़कर बोला—'राजन्! आप मुझको कर्कोटक नाग जानिए। नरेश्वर! एक दिन मैंने महातपस्वी और ब्रह्मर्षि नारद के साथ छल किया। अतएव, मनुजेश्वर! ब्रह्मर्षि ने क्रोधाविष्ट होकर मुझे शाप दे दिया—तुम जड पदार्थ के समान एक स्थान में पड़े रहो। किसी समय राजा नल यहाँ आकर तुमको इस स्थान से अन्यत्र ले जाएँगे। तब तुम मेरे द्वारा दिए गए शाप से मुक्त हो जाओगे।

'उनके शाप के प्रताप से मैं एक पग भी नहीं चल सकता। आप मेरा परित्राण कीजिए। मैं आपको श्रेयस् का उपदेश दूँगा।

'मैं आपका सखा भी बन जाऊँगा। मेरे समान कोई अन्य नाग नहीं है। मैं आपके लिए लघ्वाकार हो जाऊँगा। आप शीघ्र ही मुझको यहाँ से उठाकर चल दीजिए।'

''यह कहकर वह नागराज अँगूठे के समान आकार का हो गया। उसको उठाकर राजा नल एक ऐसे स्थान पर ले गए जो दावानल से दूर था।

''अग्नि से रहित खुले स्थान में उस नाग को ले जाकर राजा नल ने उसको वहाँ छोड़ने का मनोरथ किया। तब कर्कोटक नाग ने फिर कहा—'निषधराज! आप कुछ दूर तक अपने पद गिनते हुए चलिए। महाबाहो! ऐसा करने पर मैं आपके लिए परम श्रेयस् साधूँगा।'

''तब राजा नल अपने पद गिनकर चलने लगे। उन्होंने दसवाँ पद रक्खा ही था कि कर्कोटक ने उनको डस लिया, और उसके डसते ही उनका वह पूर्ववर्ती रूप तत्काल अदृश्य हो गया।

"अपने रूप को इस प्रकार विकृत बना हुआ देखकर राजा नल को बड़ा विस्मय हुआ, और वे खड़े रह गए। तब राजा नल ने देखा कि कर्कोटक नाग अपना स्वरूप धारण किए हुए है।

"तदनन्तर कर्कोटक नाग ने राजा नल को सान्त्वना दी। वह बोला—'मैंने आपका रूप इसलिए अदृश्य कर दिया है कि लोग आपको पहिचान न पाएँ।

'महाराज नल! जिस कलियुग ने आपके साथ कपट करके आपको महान दुःख दिया है वह अब मेरे विष से विदग्ध होकर आपके भीतर बड़े कष्ट से निवास करेगा।

'कलियुग के अंग-प्रत्यंग मेरे विष से व्याप्त हो जाएँगे। महाराज! वह जब तक आपको मुक्त नहीं करेगा तब तक वह आपके भीतर वास करता हुआ दुःख ही भोगेगा।

'जनाधिप! आप तो निरपराध थे। आपके प्रति कपट करना कलि के लिए उचित नहीं था। उसके प्रति क्रोध से दोषदृष्टि रखकर ही मैंने आपकी रक्षा की है।

'नरव्याघ्र राजन्! मेरे प्रसाद से आपको दाढ़ों वाले जन्तुओं की ओर से, शत्रुओं की ओर से तथा ब्रह्मविद् लोगों की ओर से कभी कोई भय नहीं होगा।

'राजन्! आपको विषजनित पीड़ा कभी नहीं होगी, और राजेन्द्र! आप युद्ध में सदा विजय प्राप्त करेंगे।

'राजन्! अब आप जाइए। राजा ऋतुपर्ण के पास जाकर आप कहिए कि आप बाहुक नाम के सारथि हैं। वे द्यूतविद्या में बहुत निपुण हैं।

'निषधेश्वर! अब आप उस रम्य अयोध्या नगरी में चले जाइए। राजा ऋतुपर्ण आप से अश्वविद्या का रहस्य सीखकर विनिमय में आपको द्यूतक्रीड़ा का रहस्य सिखलाएँगे।

'इक्ष्वाकु-कुल के वे श्रीमान् वंशज आपके मित्र बन जाएँगे। जब आप द्यूतविद्या के ज्ञाता हो जाएँगे तो आपका भाग्योदय होगा।

'तब आपका अपनी पत्नी से मिलन होगा। आप अपने मन में शोक मत कीजिए। मैं आपसे सत्य कह रहा हूँ कि आप अपने राज्य तथा अपनी सन्तान को पुनः प्राप्त करेंगे।

'और, नराधिप! आप जब भी अपने स्वरूप को देखना चाहें तब आप मेरा

स्मरण करें, और इस वस्त्र को ओढ़ लें। इस वस्त्र से आच्छन्न होकर आप अपने स्वरूप को प्राप्त कर लेंगे।'

"यह कहकर कर्कोटक ने राजा नल को दिव्य वस्त्रों का एक जोड़ा प्रदान किया।

"कुरुनन्दन! नागराज ने राजा नल को यह संदेश तथा वस्त्रों का एक जोड़ा दिया। राजन्! तदन्नतर वह नागराज अन्तर्धान हो गया।"

१६

बृहदश्व बोले : "नागराज के अन्तर्धान हो जाने पर निषधराज नल ने राजा ऋतुपर्ण के नगर की ओर प्रस्थान किया। वे दसवें दिन उस नगर में प्रविष्ट हो गए।

"वे राजा ऋतुपर्ण के पास उपस्थित हुए और बोले—'मैं बाहुक हूँ। मेरे समान अश्व-संचालन की कला में कुशल व्यक्ति इस पृथिवीतल पर और कोई नहीं है।

'आजकल मैं अर्थसंकट में हूँ। आपको जो भी कौशल जानना हो उसके विषय में आप मुझसे पूछें। मैं रसोई बनाने की कला में भी अन्य लोगों की अपेक्षा विशिष्ट भेद जानता हूँ।

'ऋतुपर्ण! इस संसार में जितने भी शिल्प हैं, तथा और भी जो दु:साध्य काम हैं उन सबको साधने का मैं प्रयास करूँगा। आप मेरा भरण-पोषण कीजिए।'

"राजा ऋतुपर्ण बोले—'बाहुक! तुम मेरे यहाँ निवास करो। तुम्हारा कल्याण हो। ये सब कार्य तुमको करने होंगे। शीघ्रतापूर्व यात्रा करने के विषय में तो मेरा मन सदा ही लालायित रहता है।

'तुम मेरे अश्वाध्यक्ष हो। मैं तुमको दस सहस्र मुद्रा वेतन दूँगा। तुम वह उपाय करो जिससे मेरे अश्व शीघ्रगामी हो जाएँ।

'वार्ष्णेय और जीवल, मेरे ये दोनों सारथि सदा तुम्हारी सेवा में उपस्थित रहेंगे। बाहुक! इन दोनों के साथ तुम बहुत सुख से रहोगे। तुम मेरे यहाँ रहो।'

"राजा ऋतुपर्ण के ऐसा कहने पर राजा नल ऋतुपर्ण के नगर में सत्कार पाकर

वार्ष्णेय तथा जीवल के साथ निवास करने लगे।

"वे राजा नल विदर्भराजपुत्री का अनुक्षण चिन्तन करते हुए वहाँ वास कर रहे थे। वे प्रतिदिन सायंकाल के समय इस एक श्लोक को कहते रहते थे—'भूख और प्यास से पीड़ित वह श्रान्त तपस्विनी कहाँ सो रही होगी? अपने मन्दबुद्धि पति का स्मरण करती हुई वह किसके पास रही होगी?'

"एक दिन राजा नल का यह कथन सुनकर रात के समय जीवल ने उनसे पूछा—'बाहुक! तुम नित्य ही किस स्त्री के विषय में शोक करते रहते हो? मैं सुनना चाहता हूँ। आयुष्मान्! जिसके लिए तुम इतना शोक करते रहते हो वह किसकी स्त्री है?'

"राजा नल ने उसको उत्तर दिया—'किसी मन्दबुद्धि पुरुष की एक अत्यन्त आदृत स्त्री थी। किन्तु वह पुरुष अपनी बात पर दृढ़ नहीं रह पाया। वह मन्दबुद्धि किसी कारणवश उस स्त्री से बिछुड़ गया।

'पत्नी से विलग होकर वह मन्दबुद्धि मनुष्य दुःख से पीड़ित होकर भटक रहा है। वह दिन और रात अजस्र उसके शोक से जलता रहता है।

'रात्रि के समय वह अपनी प्रिया को याद करके एक श्लोक गाया करता है। वह सारी पृथिवी का चक्कर काटकर किसी स्थान पर पहुँच गया है।

'यद्यपि वह पुरुष दुःख भोगने के योग्य नहीं है, तो भी वह निरन्तर अपनी प्रिया का स्मरण करके दुःख भोगता रहता है। वह नारी संकटकाल में भी उसके पीछे-पीछे वन में चली आई थी।

'किन्तु उस अल्प-पुण्य पुरुष ने उस नारी का परित्याग कर दिया। अब यदि वह जीवित है तो दुःख उठा रही होगी। वह बाला एकाकिनी है। वह वन के मार्गों से अनभिज्ञ है। वह इस संकट के योग्य कभी नहीं थी।

'वह महान् वन निरन्तर ही हिंस्र-जन्तुओं से भरा रहता है और बहुत ही दारुण है। उस वन में वह जीवित भी रह गई होगी तो उसकी देह भूख और प्यास से व्याप्त हो जाने के कारण वह बच नहीं पाई होगी। मारिष! उस मन्दबुद्धि पुरुष ने उस स्त्री का परित्याग कर दिया!'

"इस प्रकार दमयन्ती का सतत स्मरण करते हुए निषधराज नल राजा ऋतुपर्ण के निवास में अपना अज्ञातवास काटने लगे।"

१७

बृहदश्व बोले : "राजा नल जिस समय अपने राज्य का हरण हो जाने पर पत्नी सहित वन में चले गए, तब राजा भीम ने नल की खोज करने के लिए बहुत से ब्राह्मण इधर-उधर भेजे।

"राजा भीम ने उन ब्राह्मणों को बहुत-सा धन देकर यह आदेश दिया—'आप लोग राजा नल तथा मेरी पुत्री दमयन्ती को खोज निकालें।

'यदि यह कार्य सम्पन्न हो गया और निषधराज नल का पता चल गया, तो आप लोगों में से जो कोई भी नल और दमयन्ती को यहाँ ले आएगा उसी को मैं एक सहस्र गौएँ दूँगा।

'साथ ही मैं उसको अग्रहार (=कर से मुक्त भूमि) दूँगा, और एक ऐसा गाँव दूँगा जो नगर के समान हो। यदि नल और दमयन्ती में से किसी एक को अथवा उन दोनों को यहाँ लाना सम्भव नहीं हुआ तो भी उनका पता-भर लग जाने पर मैं एक सहस्र गौएँ दूँगा।'

"ऐसा आदेश सुनकर वे सब ब्राह्मण अत्यन्त प्रसन्न मन से सब दिशाओं में चले गए। वे पत्नी सहित निषधराज नल की खोज में दूसरे राष्ट्रों को छानने लगे। किन्तु राजा नल अथवा भीमपुत्री दमयन्ती को कोई नहीं देख पाया।

"उन ब्राह्मणों में से एक का नाम सुदेव था। वह खोज करता-करता चेदि देश की रम्य राजधानी में जा पहुँचा। और राजप्रासाद में निवास करती हुई भीमपुत्री को उसने देख लिया।

"दमयन्ती राजा के पुण्याहवाचन के समय सुनन्दा के साथ खड़ी थी। उसका अप्रतिम रूप मन्द-मन्द प्रकाशित हो रहा था, मानो अग्निज्वाल की प्रभा धूएँ के जाल से आच्छन्न हो।

"वह विशालाक्षी अत्यधिक मलिन तथा दुर्बल हो गई थी। किन्तु उसको देखते ही सुदेव ने विविध प्रकार से हिसाब करके अनुमान लगा लिया कि वह अवश्य ही भीमपुत्री है।

"सुदेव ने सोचा—'इस राजकुमारी का रूप आज भी वैसा ही है जैसा कि मैंने पूर्व समय में देखा था। इस लोककमनीय लक्ष्मी के समान दमयन्ती को

देखकर आज मैं कृतार्थ हो गया।

'यह श्यामा युवती पूर्ण चन्द्रमा के समान कान्तिमती है। इसके पयोधर सुन्दर और वृत्ताकार हैं। यह देवी अपनी प्रभा से समस्त दिशाओं को आलोकित कर रही है।

'इसके नयन पद्म के समान विशाल और मनोहर हैं। यह तो कामदेव की स्त्री रति के समान दीख पड़ रही है। यह उसी प्रकार सब लोगों के मन को भा रही है जैसे कि पूर्ण चन्द्र की प्रभा।

'दैव के दोष से यह कमलिनी विदर्भ-देश-रूपी सरोवर से बाहर निकाल ली गई है। इसके मलिन अंग ऐसे प्रतीत हो रहे हैं मानो सरोवर से निकाली गई कमलिनी पङ्क से लिप्त हो।

'यह उस पूर्णिमा की रजनी के समान दिखाई दे रही है जिसके चन्द्रमा को राहु ने ग्रस्त कर लिया हो। पति के शोक से आकुल होकर यह दीना वैसे ही सूख गई है, जैसे कि शुष्क स्रोत वाली नदी।

'व्याकुल बनी हुई दमयन्ती की दशा उस पुष्करिणी के समान है जिसका मन्थन हाथियों ने अपने शुण्ड-दण्डों से कर डाला हो, जिसमें फूले हुए कमल के पुष्प तथा पत्र सर्वथा विध्वस्त हो गए हों, और जिसके कूल पर निवास करने वाले पक्षी संत्रस्त हो गए हों।

'यह सुकुमारी है। इसके अंग-प्रत्यंग सौष्ठव से परिपूर्ण हैं। यह तो ऐसे प्रासाद में रहने योग्य है जिसका भीतरी भाग रत्नों से विरचित हुआ हो। किन्तु इस समय यह उस कमलिनी के समान दिखाई दे रही है जिसको सरोवर से बाहर निकाल लिया गया हो और जो सूर्य के ताप से झुलस गई हो। यह रूप के औदार्य तथा अनेक गुणों से सम्पन्न है। शृंगार धारण करने योग्य होकर भी यह आज शृंगार-शून्य है। अतएव यह उस चन्द्रलेखा के समान दिखाई दे रही है जिसको आकाश में काली मेघमाला ने ढक लिया हो।

'यह अपने प्रिय कामभोगों से वंचित हो गई है। यह अपने सगे-सम्बन्धियों से भी विलग हो गई है। अब यह केवल अपने प्रियतम को पुनः देख पाने की आकांक्षा से ही देह धारण किये हुए है। वस्तुतः पति ही स्त्रियों का सर्वश्रेष्ठ आभूषण होता है। पति के साथ वे बिना आभूषण के भी विभूषित-सी प्रतीत होती हैं। यह अपने पति से बिछुड़ गई है। अतएव यह शोभामयी होते हुए भी शोभाहीन

दिखाई दे रही है।

'इससे विलग होकर राजा नल यदि अपनी देह को धारण किये हुए हैं और शोक से विजड़ित नहीं हुए हैं तो वे अत्यन्त दुष्कर कर्म कर रहे हैं। इसका केशभार काला है। इसके नयन कमल के समान विशाल हैं। यह सुख पाने की ही पात्र है। इसको दुखी देखकर मेरा भी मन व्यथित हो उठा है। जिस प्रकार रोहिणी चन्द्रमा के संयोग से सुखी होती है उसी प्रकार यह शुभा न जाने कब अपने पति के साथ समागम करके इस दुःख का अतिक्रमण करेगी।

'जिस प्रकार कोई राजा एक बार अपने राज्य से भ्रष्ट होकर उसी राज्य की पुनर्प्राप्ति से प्रसन्न होता है, उसी प्रकार निषधराज नल भी निश्चय ही इसको पुनः प्राप्त करके अत्यन्त प्रसन्न होंगे। यह राजा नल के समान ही शील तथा यौवन से युक्त है। यह उन्हीं के समान उच्चकुल में उत्पन्न हुई है। राजा नल इस विदर्भराजपुत्री के योग्य हैं। और यह कजरारे नयनोंवाली दमयन्ती भी राजा नल के योग्य है।

'राजा नल अप्रमेय वीर्य तथा सत्त्व से सम्पन्न हैं। उनकी यह पत्नी अपने पति के दर्शन के लिए लालायित है। अतएव मुझे इससे मिलकर इसे आश्वासन देना चाहिए। इसका मुख पूर्ण चन्द्रबिम्ब के समान है। इसने पहले कभी दुःख नहीं भोगा है। किन्तु इस समय यह दुःखित है। और यह अपने ध्यान में निमग्न है। अतएव मैं इसको सान्त्वना दूँगा।'

''इस प्रकार विविध प्रकार के कारणों तथा लक्षणों से दमयन्ती को पहिचानकर सुदेव ब्राह्मण दमयन्ती के समीप गया, और बोला—'विदर्भराजपुत्रि! मैं सुदेव ब्राह्मण हूँ। मैं तुम्हारे भाई का प्रिय सखा हूँ। मैं महाराज भीम के आदेश से तुमको खोजता हुआ यहाँ आया हूँ। महारानी! तुम्हारे पिता, तुम्हारी माता तथा तुम्हारे सब भाई कुशल-पूर्वक हैं। और कुण्डिनपुर में वास करने वाले तुम्हारे दोनों आयुष्मान् बालक भी सकुशल हैं। तुम्हारे वियोग से विषण्ण होकर तुम्हारे सगे-सम्बन्धी मरे हुए लोगों के समान हो गए हैं। और तुम्हारी खोज करने के लिए शत-शत ब्राह्मण धरा के ओर-छोर छान रहे हैं।'

''युधिष्ठिर! दमयन्ती ने उस सुदेव ब्राह्मण को पहिचान लिया। तब उसने ब्राह्मण से अपने एक-एक सुहृद का कुशल-समाचार पूछा। और, राजन्! अपने भ्राता के प्रिय सखा सुदेव को सहसा देखकर वह विदर्भराजपुत्री शोक से आर्त

होती हुई फफक-फफक कर रो पड़ी।

"भारत! तब सुनन्दा ने देखा कि दमयन्ती सुदेव के साथ एकान्त में बातें कर रही है, और रो रही है। सुनन्दा भी शोक से आर्त हो गई। सुनन्दा ने अपनी माता के पास जाकर कहा—'माँ! वह सैरिन्ध्री एक ब्राह्मण के साथ मिलकर बहुत रो रही है। यदि आप उचित समझें तो उसका भेद जानने की चेष्टा करें।'

"तब चेदिराज की माता भी राजप्रासाद से निकलकर वहाँ गई जहाँ वह बाला ब्राह्मण के साथ विद्यमान थी। राजन्! तदनन्तर राजमाता ने सुदेव को बुलाकर पूछा—'यह भामिनी किसकी पत्नी है, और किसकी पुत्री है? और यह वामलोचना अपने सगे-सम्बन्धियों तथा अपने पति से किस प्रकार विलग हो गई? ब्राह्मण! तुम इसको पहिचानते हो। अतएव तुम्हीं बतलाओ कि यह सती इस दशा को किस प्रकार प्राप्त हुई? मैं तुमसे यह सब समाचार आद्योपान्त सुनना चाहती हूँ। इस देवरूपिणी नारी के विषय में मैं जो पूछ रही हूँ उसका उत्तर तुम मुझे ठीक-ठीक दो।'

"राजमाता के ऐसा कहने पर वह ब्राह्मणश्रेष्ठ सुदेव वहाँ सुखपूर्वक बैठ गया, और वह दमयन्ती का यथार्थ परिचय देने लगा।"

१८

बृहदश्व बोले : "सुदेव कहने लगा—'विदर्भ देश में भीम नाम के धर्मात्मा तथा परम तेजस्वी राजा हैं। यह कल्याणी उनकी पुत्री है, और यह दमयन्ती के नाम से विख्यात है। वीरसेन के पुत्र और निषध देश के राजा, नल के नाम से प्रसिद्ध हैं। यह कल्याणी उन पुण्यश्लोक तथा बुद्धिमान् राजा नल की भार्या है। उन राजा को उनके भाई ने द्यूत में जीत लिया और उनके राज्य का अपहरण हो गया। वे दमयन्ती के साथ वन में चले गए। तदनन्तर आज तक किसी को उनका पता नहीं मिला।

'हम अनेक ब्राह्मण दमयन्ती की खोज में इस धरा का ओर-छोर छान रहे हैं। आज मुझे आपके पुत्र के घर में यह बाला मिल गई। इसके रूप के समान रूप वाली कोई अन्य मानवकन्या नहीं है। इसकी भौंहों के बीच में यह जन्मजात तिल

का उत्तम चिह्न है। जिस प्रकार मेघमाला चन्द्रमा को आच्छन्न कर लेती है, उसी प्रकार इसका यह लक्षण मल से आच्छन्न हो गया है। किन्तु इस श्यामा के ललाट में छुपा हुआ भी कमल के समान यह लक्षण मैंने देख लिया। विधाता के द्वारा विरचित इसका यह लक्षण इसके ऐश्वर्य का प्रतीक है। किन्तु इस समय यह प्रतिपदा की कलुषित कला के समान शोभायमान नहीं हो रही। फिर भी इसका यह रूप मल से युक्त होने पर भी नष्ट नहीं हो पाया है। इस समय यह अमार्जित है। तो भी यह सोने के समान दमक रही है। इस देहश्री के कारण तथा इस तिल की सहायता से यह बाला पहिचानी गई। ऊष्मा के कारण पहिचानी जाने वाली छुपी हुई आग के समान मैंने मल से छुपी हुई इस बाला को पहिचान लिया।'

"राजन्! उस सुदेव ब्राह्मण के वचन सुनकर सुनन्दा ने दमयन्ती के तिल को छुपाने वाले मैल को पोंछ दिया। मैल धुल जाने पर दमयन्ती का वह तिल उसी प्रकार चमक उठा जिस प्रकार निरभ्र नीलाकाश में निशाकर चमक उठता है। भारत! दमयन्ती के उस तिल को देखकर राजमाता तथा सुनन्दा ने उसको आलिंगन में बाँध लिया, और वे दोनों दो घड़ी तक रोती रहीं।

"तब आँसू बहाती हुई राजमाता ने धीरे-धीरे दमयन्ती से कहा—'पुत्रि! तुम तो मेरी बहिन की बेटी हो। मैंने इस तिल के कारण तुमको पहिचान लिया है। चारुदर्शने! मैं और तुम्हारी माँ, दोनों ही दशार्ण देश के राजा महामना सुदामा की पुत्रियाँ हैं। तुम्हारी माँ का विवाह महाराज भीम के साथ हुआ था, और मेरा महाराज वीरबाहु के साथ। तुम्हारा जन्म मेरे पिता के घर दशार्ण में ही हुआ था। उस समय मैंने तुमको देखा था। भामिनी! तुम्हारे लिए जैसा अपने पिता का घर है, वैसा ही मेरा घर भी है। दमयन्ति! यह समस्त ऐश्वर्य जैसा मेरा है, वैसा ही तुम्हारा भी है।'

"राजन्! दमयन्ती का मन प्रसन्न हो उठा था। वह अपनी मौसी को प्रणाम करके बोली—'मैं आपको पहिचानती नहीं थी। किन्तु फिर भी मैं आपके पास सुख से रही। आपने मेरी इच्छा के अनुसार मुझको सारी सुविधाएँ दीं। और आपने सदा ही मेरा संरक्षण किया। यदि मैं यहीं रह जाऊँ तो इसमें कोई संशय नहीं कि मैं और भी अधिक सुख पाऊँगी। किन्तु माँ! मैं बहुत दिन से प्रवास काट रही हूँ। अतएव इस समय आप मुझको जाने की आज्ञा दे दीजिए। मैंने अपने बालकों को कुण्डिनपुर भेज दिया था। वे दोनों बालक वहीं वास कर रहे हैं। वे बालक माता-

पिता से विलग होकर शोकार्त हो गए होंगे। मेरे बिना न जाने वे दोनों कैसे रह रहे होंगे। यदि आप मेरा प्रिय कार्य करना चाहती हैं, तो कृपा करके मेरे लिए शीघ्र ही कोई सवारी मँगवा दीजिए। मैं विदर्भ देश की ओर प्रस्थान करने के लिए लालायित हूँ।'

"राजन्! मौसी ने प्रसन्न होकर दमयन्ती से कहा—'बहुत अच्छा।' तदनन्तर राजमाता ने अपने पुत्र से परामर्श किया। भरतश्रेष्ठ! राजमाता ने दमयन्ती के साथ बहुत-सा खान-पान बाँध दिया, और उस श्रीमती को एक विपुल सेना द्वारा संरक्षित रथ पर चढ़ाकर भेज दिया।

"तदनन्तर दमयन्ती अल्पकाल में ही विदर्भ देश में पहुँच गई। उसको देखकर उसके सारे सगे-सम्बन्धी बहुत प्रसन्न हुए, और उन लोगों ने दमयन्ती का यथोचित आदर-सत्कार किया। दमयन्ती ने देखा कि उसके सब सगे-सम्बन्धी, दोनों बालक, दोनों माता-पिता तथा सारी सखियाँ—सभी लोग सर्वथा सकुशल हैं। राजन्! तब उस यशस्विनी देवी दमयन्ती ने परम विधि से देवताओं तथा ब्राह्मणों की पूजा की।

"महाराज भीम ने, अपनी पुत्री की पुनर्प्राप्ति से प्रसन्न होकर, सुदेव ब्राह्मण को एक सहस्र गौएँ, एक ग्राम तथा धन देकर संतुष्ट किया। राजन्! उस रात को दमयन्ती ने अपने पिता के प्रासाद में विश्राम किया। प्रातःकाल होने पर वह अपनी माताजी से बोली—'माँ मैं आपसे सच कह रही हूँ कि यदि आप मुझको जीवित रखना चाहती हैं तो उन नरवीर नल की खोज करने का प्रयत्न आप फिर से कीजिए।'

"दमयन्ती के ऐसा कहने पर वे महारानी अत्यन्त दुःखित हो गईं। उनकी आँखों में आँसू भर आए। और महारानी के मुख से शब्द नहीं निकल सका। तब महारानी की यह अवस्था देखकर उस समस्त अन्तःपुर में विपुल हाहाकार मच गया। सब-के-सब फूट-फूटकर रोने लगे। तदनन्तर महारानी ने महाराजा भीम से कहा—'आपकी पुत्री दमयन्ती अपने पति के लिए शोक कर रही है। इसने लाज छोड़कर स्वयं अपने मुख से यह बात कही है। अतएव आपके सेवक पुण्यश्लोक राजा नल को खोज निकालने का प्रयत्न करें।'

"महारानी के अनुरोध को मानकर महाराज भीम ने अपने आज्ञाकारी ब्राह्मणों को समस्त दिशाओं में भेज दिया। महाराज ने उन ब्राह्मणों को आदेश दिया—

'नल को खोजने का यत्न करो।' तदनन्तर विदर्भराज की आज्ञा पाने वाले वे सब ब्राह्मण लोग दमयन्ती के पास पहुँचे, और उससे बोले—'हम सब लोग नल की खोज में जा रहे हैं।'

"भीमपुत्री ने उन ब्राह्मणों से कहा—'आप लोग समस्त राष्ट्रों में जाकर जनसंसदों में बार-बार यह बात कहें—हे कितव प्रियतम! आधे वस्त्र को फाड़कर आप किस ओर प्रस्थान कर गए? प्रिय! मैं तो आपके प्रति अनुरक्त प्रियतमा हूँ। मुझको उस वन में सोती हुई छोड़कर तुम कहाँ चले गए? उस बाला को तुमने जिस दशा में छोड़ा था, आज भी वह उसी दशा में रहकर कालयापन कर रही है। वह अभी भी अपनी देह को आधे ही वस्त्र से आच्छादित करती है। और आपकी प्रतीक्षा में वह जलती रहती है। पार्थिव! वह आपके शोक में सदा ही रोती रहती है। वीर! आप उस पर कृपा कीजिए और उसकी बात का प्रत्युत्तर दीजिए।

'आप लोग यह बात तथा अन्य भी ऐसी ही बातें कहिएगा जिससे कि राजा नल मुझ पर कृपा करें। आप लोग कहिएगा कि वायु की सहायता से प्रेरित होकर आग जिस प्रकार सारे वन को जला डालती है, उसी प्रकार दमयन्ती आपके विरह में जल रही है। पति का धर्म है कि वह सदा ही पत्नी का भरण-पोषण तथा संरक्षण करे। आप तो धर्मज्ञ और साधु पुरुष हैं। फिर आप अपने इन दोनों धर्मों से स्खलित किस प्रकार हो गए? आप तो सदा से ही विख्यात विद्वान्, कुलीन और सहृदय हैं। अतएव मुझे यह शंका होने लगी है कि मेरा सौभाग्य क्षीण हो जाने के फलस्वरूप ही आप मेरे प्रति इतने निष्ठुर हो गए हैं। तो, नरव्याघ्र! आप मुझ पर दया कीजिए। नरोत्तम! मैंने तो आपके ही मुख से सुना था कि दयालुता सबसे श्रेष्ठ धर्म है।

'श्रेष्ठ ब्राह्मणो! जो कोई भी पुरुष इन वचनों को सुनकर किसी प्रकार का प्रत्युत्तर दे, उसी के प्रत्युत्तर को लाकर मेरे सामने निवेदन कीजिएगा। किन्तु किसी को यह भेद ज्ञात नहीं होना चाहिए कि आप लोग मेरे आदेश से यह सब बातें कह रहे हैं। अब आप लोग सावधान होकर अपना काम कीजिए और सफल होकर लौटिए। प्रत्युत्तर देने वाला पुरुष चाहे धनवान हो चाहे निर्धन, समर्थ हो अथवा असमर्थ, आप लोग यह जानने का प्रयत्न कीजिएगा कि वह करना क्या चाहता है।'

"राजन्! दमयन्ती के ऐसा कहने पर वे समस्त ब्राह्मण संकट में पड़े हुए राजा नल की खोज करने के लिए सब दिशाओं में चले गए। उन ब्राह्मणों ने सारे नगर और राष्ट्र छान मारे, सारे ग्राम और गोष्ठ देख लिए और सारे आश्रमों में भी राजा नल की खोज कर ली। किन्तु , राजन्! उन ब्राह्मणों को राजा नल का कोई पता नहीं लगा। राजन्! दमयन्ती ने जो बातें जनसमुदाय में सुनाने के लिए उन ब्राह्मणों को आदेश दिया था, वे सब बाते वे ब्राह्मण लोग सुनाते फिर रहे थे।"

११

बृहदश्व बोले: "तदनन्तर एक दीर्घ काल व्यतीत हो जाने पर पर्णाद नाम का ब्राह्मण विदर्भ देश की राजधानी में लौटकर आया। वह भीमपुत्री दमयन्ती से बोला—'दमयन्ति! मैं निषधराज नल की खोज करता हुआ अयोध्या नगरी में पहुँचा, और वहाँ राजा ऋतुपर्ण की राजसभा में उपस्थित हुआ। वरवर्णिनि! वहाँ पर अनेक लोगों के समवाय में मैंने तुम्हारी वे सब बातें, जैसी तुमने कही थीं वैसी ही महाभाग ऋतुपर्ण को सुना दीं।

'उन बातों को सुनकर महाराज ऋतुपर्ण कुछ नहीं बोले। और मेरे बार-बार कहने पर भी किसी भी सभासद ने कोई प्रत्युत्तर नहीं दिया। तब मैं महाराज ऋतुपर्ण से विदा लेकर लौटने लगा। ऋतुपर्ण के यहाँ बाहुक नाम का एक पुरुष रहता है। उसने एकान्त में मेरे पास आकर तुम्हारी बातों का प्रत्युत्तर दिया।

'वह पुरुष महाराज ऋतुपर्ण का सारथि है। उसकी भुजाएँ छोटी-छोटी हैं, और वह कुरुप है। वह घोड़ों को वेगपूर्वक हाँकने की कला में कुशल है। और उसका बनाया हुआ भोजन बहुत ही मधुर होता है। उसने जब मेरी बातें सुनी तो वह बार-बार दीर्घ निश्वास छोड़ने लगा। फिर वह बार-बार रो उठा। तदनन्तर मुझसे कुशल-समाचार पूछकर वह बोला—कुलीन स्त्रियाँ संकट में पड़कर भी स्वयं अपनी रक्षा कर लेती हैं। इस प्रकार वे सत्य तथा स्वर्ग, दोनों को ही जीत लेती हैं। इस बात में कोई संशय नहीं। श्रेष्ठ स्त्रियाँ अपने पतियों द्वारा परित्यक्त होकर भी कभी कुपित नहीं होतीं। और वे सदाचार-रूपी कवच से आवृत अपने प्राणों को धारण किए रहती हैं। वह पुरुष सुख से भ्रष्ट होकर तथा संकट में ग्रस्त

होकर विमूढ़ हो गया था। ऐसी अवस्था में यदि उसने अपनी पत्नी का परित्याग कर दिया तो इसके कारण पत्नी को उसके ऊपर क्रुद्ध नहीं होना चाहिए। जीविका पाने के लिए प्रयत्नवान् उस पुरुष के वस्त्र का पक्षियों ने हरण कर लिया था। और वह अनेक प्रकार की चिन्ताओं से दग्ध हो उठा था। ऐसे पुरुष के ऊपर श्यामा को क्रोध नहीं करना चाहिए। पति ने उसका सत्कार किया हो अथवा असत्कार, उसके लिए यही उचित है कि वह संकट में पड़े हुए पति को क्षमा कर दे। कारण, वह पति राज्य से भ्रष्ट था, लक्ष्मी से वञ्चित हो चुका था, भूख से पीड़ित था, और विपत्ति के सागर में डूब चुका था।

'बाहुक की ये बातें सुनकर मैं तुरन्त यहाँ चला आया हूँ। अब ये सब बातें जानकर तुम ही इस विषय में प्रमाण हो। तुम ही महाराज भीम को भी ये सब बातें बतला दो।'

''राजन्! पर्णाद की बातें सुनकर दमयन्ती की आँखें आँसुओं से भर आईं। उसने एकान्त में जाकर अपनी माताजी से कहा—'माँ! यह बात महाराज भीम को कदापि विदित नहीं होनी चाहिए। मैं आपकी ही आज्ञा प्राप्त करके उस श्रेष्ठ ब्राह्मण सुदेव को इस कार्य में नियोजित करूँगी। आपको ऐसा प्रबन्ध करना चाहिए जिससे महाराज भीम को मेरा विचार विदित न हो पाए। यदि आप मेरा भला चाहती हैं तो आप ऐसा ही कीजिए। सुदेव ब्राह्मण ने मुझको शीघ्र ही यहाँ लाकर मेरे सगे-सम्बन्धियों से मिला दिया था। वही सुदेव अब इस मंगल की सिद्धि के लिए भी जाए। वह देर नहीं करे। माँ! राजा नल को यहाँ लाने के लिए वह ब्राह्मण अयोध्या नगरी की ओर जाए।'

''इसी बीच ब्राह्मणश्रेष्ठ पर्णाद विश्राम कर चुका था। विदर्भराजपुत्री दमयन्ती ने प्रभूत धन देकर उस ब्राह्मण की पूजा की। और वह ब्राह्मण से बोली—'राजा नल के यहाँ आ जाने पर मैं आपको और भी धन दूँगी। द्विजोत्तम! आपने मेरे लिए वह काम किया है जो कोई अन्य मनुष्य नहीं कर सकता था। कारण, अब मैं अपने पति से शीघ्र ही मिल पाऊँगी।'

''दमयन्ती के ऐसा कहने पर उस ब्राह्मण ने उसको मंगल आशीर्वादों द्वारा आश्वासन दिया। फिर वह उदारमना ब्राह्मण कृतार्थ होकर अपने घर चला गया।

''युधिष्ठिर तब दुःख और शोक से आविष्ट दमयन्ती अपनी माताजी के पास गई। उसने सुदेव को वहाँ बुलवाया और अपनी माताजी के समक्ष वह

ब्राह्मण से बोली—'सुदेव! आप इच्छानुसार विहार करने वाले द्रुतगामी पक्षी के समान शीघ्रता से अयोध्या नगरी की ओर जाइए, और वहाँ के महाराज ऋतुपर्ण से यह बात कहिए—भीमपुत्री दमयन्ती फिर अपना स्वयम्वर कर रही है, और बहुत-से राजा तथा राजपुत्र उस ओर जा रहे हैं। स्वयम्वर का समय निश्चित हो चुका है। कल ही स्वयम्वर होगा। शत्रुदमन! यदि उस समय तक आपका वहाँ पहुँचना सम्भव हो तो आप शीघ्र ही वहाँ जाइए। कल सूर्योदय के समय ही वह दूसरे पति का वरण कर लेगी। कारण, अब तक यह ज्ञात नहीं है कि राजा नल जीवित है, अथवा नहीं।'

"महाराज! दमयन्ती के ऐसा कहने पर सुदेव राजा ऋतुपर्ण के पास जा पहुँचा। और उस ब्राह्मण ने ऋतुपर्ण से वही बात कह दी।"

२०

बृहदश्व बोले : "महाराज ऋतुपर्ण ने, सुदेव के वचन सुनकर, शान्त और मधुर वाणी में बाहुक को सम्बोधित किया—'बाहुक! विदर्भ देश में दमयन्ती का स्वयम्वर हो रहा है। तुम अश्वसंचालन के तत्त्वज्ञ हो। यदि तुम यह समझते हो कि एक दिन में वहाँ पहुँचना सम्भव है तो मैं वहाँ जाना चाहता हूँ।'

"कौन्तेय! यह बात सुनकर राजा नल का हृदय दुःख से विदीर्ण हो गया। वे महामना नल चिन्तित हो गए। वे सोचने लगे—'क्या दमयन्ती ऐसी बात कह सकती है? अथवा उसने दुःख से विमूढ़ होकर ऐसा काम करने की ठानी है? अथवा यह भी सम्भव है कि उसने मुझको प्राप्त करने के लिए ही इस महान् उपाय का आश्रय लिया हो? विदर्भराजपुत्री पति की कामना करते-करते दीन बन चुकी है। उस दुःखिता को मुझ जैसे नीच तथा पापबुद्धि पुरुष ने धोखा दिया है। इसीलिए वह ऐसी निठुर हो गई है। संसार में स्त्री का स्वभाव चंचल होता है। फिर मैंने उसके प्रति दारुण दोष किया है। यह सम्भव है कि मेरे प्रवास के कारण उसका प्रेम कम हो गया हो और वह ऐसा काम करने के लिए तत्पर हो गई हो। क्षीण कटिवाली वह बाला मेरे शोक से उद्विग्न होकर निराशा के कारण ही ऐसा करने चली है। किन्तु वह तो संतान वाली है। फिर वह किस तरह ऐसा कर

सकती है? मेरा मन कहता है कि वह ऐसा नहीं कर सकती। इस बात में कितना सत्य है, और कितना असत्य—इस का निश्चय तो मैं वहीं जाकर कर सकूँगा। इस समय तो मुझको अपने हित के लिए ऋतुपर्ण की कामना को ही पूर्ण करना चाहिए।'

''बाहुक अपने मन में अत्यन्त दीन हो गया था। तो भी उसने मन-ही-मन ऐसा निश्चय कर लिया। और वह हाथ जोड़कर महाराज ऋतुपर्ण से बोला 'नराधिप! मैंने आपकी आज्ञा सुनी। राजन्! मैं आपको वचन देता हूँ कि मैं जाऊँगा। पुरुषव्याघ्र! मैं आपको एक ही दिन में विदर्भ देश की नगरी में पहुँचा दूँगा।'

''राजन्! तदनन्तर महाराज ऋतुपर्ण की आज्ञा लेकर बाहुक उनकी अश्वशाला में गया, और उसने वहाँ पर विद्यमान अश्वों की परीक्षा की। महाराज ऋतुपर्ण बहुत ही उतावले हो उठे थे। वे बार-बार बाहुक को बुलाकर जल्दी मचा रहे थे। बाहुक ने अश्वों की परीक्षा करते हुए बार-बार विचार करके दुबले अश्वों को चुन लिया। वे अश्व समर्थ तथा मार्ग को पार करने में सक्षम थे। वे अश्व तेज तथा बल से युक्त थे। वे श्रेष्ठ जाति के तथा सद्स्वभाव वाले थे। उनमें सब प्रकार के अशुभ लक्षणों का अभाव था। उनकी नाक मोटी तथा थूथन चौड़ी थी।

''वायु के वेग से उड़ने वाले वे अश्व सिन्धु देश के थे। उनके शरीर में दस-दस आवर्त होने के कारण वे सर्वथा निर्दोष थे। किन्तु उन अश्वों को देखकर महाराज ऋतुपर्ण किंचित् कुपित हो गए। वे बोले—'क्या तुमको ऐसे ही घोड़े चुनने के लिए कहा गया था? तुम मेरे साथ प्रवञ्चना तो नहीं कर रहे? अल्प बल और प्राण वाले ये अश्व किस प्रकार चल पाएँगे, और मेरा वह लम्बा मार्ग किस प्रकार पार करेंगे?'

''बाहुक ने उत्तर दिया—'राजन्! आप देखिए कि इन अश्वों में से प्रत्येक के ललाट में एक, मस्तक पर दो, पार्श्व में दो, उपपार्श्व में भी दो, वक्ष में दोनों ओर दो और पृष्ठ पर एक आवर्त है। ये अश्व अवश्य ही विदर्भ देश की यात्रा कर सकेंगे। इसमें कोई संशय नहीं। किन्तु राजन्! यदि आपको कोई अन्य अश्व अच्छे लगते हों तो आप आदेश दीजिए। मैं उन अश्वों को ही जोत दूँगा।'

''महाराज ऋतुपर्ण बोले—'बाहुक! अश्वविद्या के तत्त्वज्ञ और कुशल सारथि तो तुम ही हो। अतएव तुम जिन अश्वों को समर्थ समझते हो उनको ही

शीघ्रतापूर्वक जोत लो।'

"तब चतुर तथा कुशल राजा नल ने उच्चकोटि के अश्वों को रथ में जोत लिया। वे अश्व कुलीन तथा सद्स्वभाव वाले थे। और उनकी गति में वेग था। रथ जुड़ जाने पर महाराज ऋतुपर्ण ने शीघ्रतापूर्वक उस पर आरोहण किया। तब वे उत्तम अश्व घुटनों के बल धरती पर गिर पड़े। राजन्! तब नरश्रेष्ठ श्रीमान् राजा नल ने उन अश्वों को सहलाया। वे अश्व तेज तथा बल से सम्पन्न थे। राजा नल ने अपने हाथ में बागडोर संभालकर उन अश्वों को ऊपर उठा दिया। वार्ष्णेय को उन्होंने सारथि के स्थान पर बैठा दिया। और फिर उन्होंने उन अश्वों को द्रुतगति के लिए प्रेरित करके हाँक दिया।

"बाहुक द्वारा विधिवत् प्रेरित किए हुए वे उत्तम जाति के अश्व इस प्रकार उड़ चले जैसे वे आकाश-पथ से जा रहे हों। रथ में बैठे राजा ऋतुपर्ण एक बार तो विमूढ़ हो गए। फिर वायु के समान वेग से रथ का वहन करने वाले उन अश्वों को देखकर अयोध्यापति महाराज ऋतुपर्ण को परम विस्मय होने लगा।

"वार्ष्णेय ने उस रथ के घोष को सुना और अश्व हाँकने का वह चातुर्य देखा। वह बाहुक के अश्व-विज्ञान के विषय में विचार करने लगा—'क्या यह देवराज इन्द्र का सारथि मातलि है? इस वीर बाहुक में तो मातलि के समान ही महान् लक्षण दिखाई दे रहे हैं। अथवा सम्भव है कि अश्वों के कुल का यह तत्त्वज्ञ आचार्य शालिहोत्र ही हो, और आचार्य ने परम सुन्दर मानुष देह धारण कर ली हो। अथवा यह भी हो सकता है कि शत्रुओं के नगरों पर विजय पाने वाले साक्षात् राजा नल इस रूप में आ गए हों। अवश्यमेव ये राजा नल ही हैं।'

"वार्ष्णेय इस प्रकार सोच रहा था। उसने यह भी विचार किया—'इस संसार में राजा नल ही जिस विद्या को जानते हैं, उसी विद्या को बाहुक भी जानता है। इस प्रकार राजा नल और बाहुक का ज्ञान एक समान प्रतीत होता है। इसी प्रकार राजा नल तथा बाहुक की आयु भी एक समान है। यदि ये महापराक्रमी राजा नल नहीं हैं तो उन्हीं के समान विद्वान् कोई अन्य पुरुष होंगे। शास्त्रों में विहित लक्षणों से युक्त बहुत से महापुरुष दैव के वशीभूत होकर प्रच्छन्न रूप से इस संसार में भ्रमण करते रहते हैं। अतएव इसके शरीर की कुरूपता को देखकर तो मेरी बुद्धि में यह भेद नहीं होता कि यह नल नहीं है। किन्तु इसका आयतन राजा नल की अपेक्षा हीन है। इसी कारण मेरे मन में यह संशय होता है कि सम्भवतः ये राजा न भी

हों।'

''महाराज! पुण्यश्लोक राजा के सारथि वार्ष्णेय ने इस प्रकार बहुत विचार करके मन-ही-मन निश्चय कर लिया। महाराज ऋतुपर्ण बाहुक के अश्व-संचालन की कुशलता पर विचार करके बहुत प्रसन्न हुए। वार्ष्णेय तो पहले से ही प्रसन्न था। बाहुक की एकाग्रता, अश्वों को सम्भालने का उसका कौशल और उसका परम यत्न देखकर वे परम प्रसन्न हुए।''

२१

बृहदश्व बोले : ''मार्ग में अनेक नदियाँ आईं, पर्वत, वन और सरोवर आए। किन्तु वह रथ उन सबको शीघ्रतापूर्वक पार कर गया। मानो कोई पक्षी आकाश में उड़ रहा हो। जब वह रथ इस प्रकार उड़ रहा था तब शत्रु के पुरों को जीतने वाले महाराज ऋतुपर्ण ने देखा कि उनका उत्तरीय वस्त्र नीचे गिर गया है। उत्तरीय वस्त्र को नीचे गिरता देखकर उन महामना महाराज ने उतावली के साथ राजा नल से कहा—'मैं अपना उत्तरीय उठाऊँगा। महामते! इन वेगशाली अश्वों को तुम रोक लो। वार्ष्णेय जाकर मेरा गिरा हुआ उत्तरीय उठा लाएगा।'

''तब नल ने महाराज ऋतुपर्ण से कहा—'महाराज! आपका उत्तरीय तो बहुत दूर पर गिरा था। वह स्थान तो एक योजन पीछे रह गया, अब उस उत्तरीय को उठाकर लाना असम्भव है।'

''राजन्! नल के ऐसा कहने पर महाराज ऋतुपर्ण मौन हो गए। तब वे लोग एक ऐसे वन में पहुँचे जहाँ बहेड़े के बहुत से वृक्ष लगे हुए थे। उन वृक्षों को देखकर महाराज ऋतुपर्ण तुरन्त ही बाहुक से बोले—'सूत! गणना करने के विषय में मुझ में भी अद्‌भुत शक्ति है। आज तुम वह शक्ति देखो। संसार के सब लोग सब बातें नहीं जानते। संसार में सर्वज्ञ कोई भी नहीं है। किसी भी एक पुरुष में ज्ञान की परम निष्ठा नहीं होती। बाहुक! इस वृक्ष पर जितने पत्ते और फल लगे हुए हैं उनकी अपेक्षा इस वृक्ष के गिरे हुए पत्तों और फलों की संख्या एक-सौ अधिक है। इसके अतिरिक्त एक फल तथा एक पत्ता और अधिक है। और इस वृक्ष की दोनों शाखाओं में पाँच करोड़ पत्ते लगे हुए हैं। यदि तुम चाहो तो इस वृक्ष

की ये दोनों शाखाएँ काट लो, और अन्य प्रशाखाएँ भी तोड़ लो। तुम गिनकर देखोगे तो इन शाखाओं में तुमको दो सहस्र और पच्चानवे फल लगे हुए मिलेंगे।'

"तब बाहुक ने रथ रोक लिया और वह महाराज ऋतुपर्ण से बोला—'शत्रुसूदन नरेश! आप जो संख्या बतला रहे हैं वह तो परोक्ष ही है। मैं इस बहेड़े के वृक्ष को काटकर इस संख्या को प्रत्यक्ष करना चाहता हूँ। राजन्! इस प्रकार गणना करने पर संख्या की यह परोक्षता नहीं रह जाएगी। महाराज! मैं आपके सामने ही इस बहेड़े के वृक्ष को काटूँगा। कारण, मैं नहीं जानता कि वह संख्या आपके कहे अनुसार है अथवा नहीं है। जनाधिप! मैं आपके देखते-देखते इसके फलों की गणना करूँगा। तब तक वार्ष्णेय दो घड़ी रथ की बागडोर सँभालेगा।'

"तब राजा ने सारथि से कहा—'यह विलम्ब करने का काल नहीं है।' बाहुक ने उत्तर दिया—'मैं प्रबल प्रयत्न करूँगा। आप दो घड़ी तक प्रतीक्षा करें। अथवा आप आगे बढ़ जाएँ। विदर्भ देश का यह मंगल-मार्ग आपके सामने है। आप वार्ष्णेय को सारथि बनाकर चले जाइए।'

"कुरुनन्दन! महाराज ऋतुपर्ण ने बाहुक को शान्त करते हुए कहा—'बाहुक! रथ के ले जाने वाले तो तुम ही हो। और तो इस धरातल पर कोई ऐसा पुरुष नहीं है जो मुझको ले जा सके। अश्वकोविद! मैं तो तुम्हारे ही बल पर विदर्भ देश तक जाना चाहता हूँ। मैं तुम्हारी शरण में आया हूँ। तुम मेरे काम में विघ्न मत डालो। बाहुक! तुम यदि मुझको आज ही सूर्यास्त के पूर्व विदर्भ में पहुँचा दो तो तुम मुझसे जो भी बात कह दोगे वही मैं कर दूँगा।'

"तब बाहुक बोला—'मैं तो इन बहेड़ों की गणना करके ही विदर्भ देश को चलूँगा। आप मेरी बात मान लीजिए।'

"ऋतुपर्ण ने अनिच्छापूर्वक कह दिया—'अच्छा, गणना कर लो। किन्तु मेरे बतलाए अनुसार तुम शाखा के एक भाग की ही गणना करो। अश्वतत्त्वज्ञ! तुम गणना करके देखोगे तो तुमको मेरी बात का विश्वास हो जाएगा।'

"तब बाहुक ने शीघ्रतापूर्वक रथ से उतरकर उस बहेड़े के वृक्ष को काट डाला। फिर उसने विस्मय से आविष्ट होकर ऋतुपर्ण से कहा—'गणना करने पर मैं देखता हूँ क़ि आपने जितने फल बतलाए थे उतने ही हैं। राजन्! मैंने देख लिया कि गणित के विषय में आप में अद्‌भुत सामर्थ्य है। नरेश्वर! मैं उस विद्या को सीखना चाहता हूँ जिसकी सहायता से आप यह सब समझ लेते हैं।'

"ऋतुपर्ण तुरन्त ही जाने के लिए उत्सुक थे। अतएव उन्होंने बाहुक से कहा—'तुम मुझको द्यूतविद्या का मर्मज्ञ तथा गणित का विशारद समझो।'

"बाहुक ने उनसे कहा—'पुरुषश्रेष्ठ! आप मुझको अपनी यह विद्या दे दीजिए। और बदले में मुझसे अश्वविद्या का रहस्य सीख लीजिए।'

"महाराज ऋतुपर्ण बाहुक के कार्य का गौरव समझते थे। उनको अश्वविद्या सीखने का भी लोभ था। वे बाहुक से बोले—'बाहुक! तुम मुझसे द्यूतविद्या का रहस्य ग्रहण करो। और अश्वविद्या का रहस्य तुम्हारे पास ही मेरी धरोहर के रूप में रहे।'

"यह कहकर ऋतुपर्ण ने नल को अपनी विद्या दे दी। तब द्यूतविद्या का रहस्य जानने वाले राजा नल के शरीर से कलियुग बाहर निकल आया। वह अपने मुख से कर्कोटक नाग के तीक्ष्ण विष का बार-बार वमन कर रहा था। उस समय कष्ट से आर्त कलियुग की यह शापाग्नि भी दूर हो गई। उसके द्वारा सताए हुए राजा नल एक दीर्घकाल तक अपने स्वभाव से स्खलित होकर रह चुके थे।

"तदनन्तर विष के प्रभाव से मुक्त होकर कलियुग ने अपना स्वरूप धारण किया। निषधराज नल ने भी कुपित होकर उसको शाप देने का मनोरथ किया। तब भयभीत कलियुग काँपता हुआ हाथ जोड़कर उनसे बोला—'नृपते! आप अपने क्रोध पर संयम कीजिए। मैं आपको परम कीर्ति प्रदान करूँगा। पूर्व समय में जब आपने इन्द्रसेन की माता दमयन्ती का परित्याग कर दिया था, तब उसने कुपित होकर मुझको शाप दिया था। उसके कारण मैं बहुत दुःख भोगता रहा हूँ। अपराजित! मैं आपके शरीर में भी बहुत दुःख भोगता हुआ वास करता रहा हूँ। मैं दिन रात नागराज कर्कोटक के विष से जलता रहा हूँ। अब मैं आपकी शरण में आया हूँ। आप मेरी बात सुनिए—यदि आप मुझ-जैसे भय से आर्त और आपकी शरण में आए हुए को शाप नहीं देंगे तो इस संसार में जो मनुष्य आलस्यरहित होकर आपकी कथा का कीर्तन करेंगे उन सबको मेरी ओर से कभी कोई भय नहीं रहेगा।'

"ऐसा सुनकर राजा नल ने अपने क्रोध पर संयम कर लिया। तब वह भयभीत कलियुग तुरन्त ही उस बहेड़े के वृक्ष में प्रवेश कर गया। कलियुग जिस समय राजा नल से बातें कर रहा था उस समय वह अन्य लोगों के लिए अदृश्य रहा था। शत्रुओं की सेना का संहार करने वाले निषधराज नल इस समय तक

समस्त संताप से मुक्त हो चुके थे। कलियुग के चले जाने पर राजा नल ने बहेड़े के वे फल गिने। अब वे परम प्रसन्नता से युक्त थे। परम तेज से युक्त उन तेजस्वी ने रथ का आरोहण किया। और वे वेग-पूर्वक अश्व-संचालन करने लगे।

"बहेड़े के वृक्ष में कलियुग ने प्रवेश किया था। अतएव वह वृक्ष निन्दित हो गया। राजा नल के अश्व बार-बार पक्षियों के समान उड़ते हुए प्रतीत हो रहे थे। प्रसन्नचित्त राजा नल उन अश्वों को हाँक रहे थे। वे महायशस्वी राजा विदर्भ की ओर बढ़े जा रहे थे। राजा नल के चले जाने पर कलियुग भी अपने अधिष्ठान की ओर चला गया। तदनन्तर राजा नल सब प्रकार के संताप से विमुक्त हो गए। कलियुग से विमुक्त राजा नल अभी तक केवल अपने स्वरूप को ही नहीं पा सके थे।"

२२

बृहदश्व बोले : "तदनन्तर साँझ होते-होते सत्यविक्रम महाराज ऋतुपर्ण विदर्भ राज्य में जा पहुँचे। उस राज्य की जनता ने राजा भीम को इस समाचार की सूचना दी। राजा भीम के अनुरोध से राजा ऋतुपर्ण ने कुण्डिनपुर में प्रवेश किया। उनके रथ की घरघराहट से समस्त दिशा-विदिशा गूँज उठीं। तब उस रथ की घरघराहट को वहाँ पर रहने वाले नल के अश्वों ने सुना। वे उस शब्द को सुनकर उतने ही प्रसन्न हो गए जितने कि वे नल के पास रहते समय हुआ करते थे।

"दमयन्ती ने भी राजा नल के रथ की उस घरघराहट को सुना। मानो वर्षाकाल में गरजते हुए मेघों का गम्भीर घोष सुनाई दिया हो। रथ के उस गम्भीर नाद को सुनकर दमयन्ती को बहुत विस्मय हुआ। पूर्व समय में नल जब अपने अश्वों का संचालन करते थे तो ऐसा ही नाद हुआ करता था। दमयन्ती तथा नल के अश्वों ने उस नाद को पहिचान लिया।

"राजा के रथ की उस घरघराहट को प्रासादतल पर बैठे हुए मयूरों ने सुना हस्तिशाला में उपस्थित हाथियों ने सुना और अश्वशाला में बँधे हुए अश्वों ने सुना। राजन्! रथ के उस घोष को सुनकर हाथियों तथा मयूरों ने अपने-अपने मुख ऊपर उठाकर नाद किया। मानो वे मेघ का घोष सुनकर उत्सुक हो उठे हों।

"दमयन्ती ने कहा—'रथ की यह घरघराहट समस्त पृथिवी को गुंजायमान करती हुई मेरे हृदय को आह्लादित कर रही है। निश्चय ही ये राजा नल आ पहुँचे हैं। आज यदि मैं उन चन्द्रमा के समान मुख वाले और असंख्य गुणों से युक्त वीरवर नल को नहीं देख पाई तो इसमें संशय नहीं कि मैं अपने प्राणों का परित्याग कर दूँगी। आज यदि मैं उस वीरवर के बाहुपाश में बँध कर उनके स्पर्श का सुख प्राप्त नहीं कर पाई तो इसमें संशय नहीं कि मैं मर मिटूँगी। रथ के द्वारा मेघघोष के समान शब्द करने वाले निषधराज नल यदि आज मेरे पास नहीं आए तो मैं सुवर्ण के समान देदीप्यमान अग्नि में प्रवेश कर जाऊँगी। सिंह के समान विक्रान्त तथा मस्त हाथी का मान मर्दन करने वाले राजेन्द्र नल यदि मेरे पास नहीं आए तो इसमें संशय नहीं कि मैं अपने जीवन का अन्त कर दूँगी। मुझको स्मरण नहीं कि मैंने स्वेच्छापूर्वक कभी कोई मिथ्याभाषण किया हो, अथवा कभी किसी का अपकार किया हो, अथवा अपनी प्रतिज्ञा का पालन नहीं किया हो। राजा नल शक्तिशाली, क्षमाशील, वीर, दाता, राजाओं में श्रेष्ठ, एकान्त में भी नीच कर्म से दूर रहने वाले, और परस्त्री के प्रति नपुंसक के समान हैं। मैं सदा ही उनके गुणों का स्मरण करती रहती हूँ। मुझे रात-दिन उन्हीं का ध्यान रहता है। उन प्रियतम के वियोग में मेरा यह हृदय शोक से विदीर्ण हुआ जा रहा है।'

"भारत! इस प्रकार विलाप करती हुई दमयन्ती अचेत-सी होने लगी। तब वह पुण्यश्लोक राजा नल के दर्शन की आकांक्षा से उस महान् राजप्रासाद पर चढ़ गई। तब उसने देखा कि रथ पर बैठे हुए महाराज ॠतुपर्ण नगर की मध्यम कक्षा में आ पहुँचे हैं। उनके साथ आने वाले वार्ष्णेय तथा बाहुक को भी उसने देखा। तदनन्तर बाहुक तथा वार्ष्णेय उस उत्तम रथ से उतर पड़े। उन लोगों ने रथ के अश्व खोल दिए और रथ को यथास्थान खड़ा कर दिया। महाराज ॠतुपर्ण रथ के उपांग से नीचे उतरे और महापराक्रमी राजा भीम के समीप आए।

"तदनन्तर राजा भीम ने बड़े आदर-सत्कार के साथ उनका स्वागत किया। महाराज ॠतुपर्ण राजा भीम के द्वारा पूजित हुए।

"कुण्डिनपुर में ठहरे हुए राजा ॠतुपर्ण ने बार-बार इधर-उधर देखा। किन्तु उन्होंने वहाँ पर स्वयम्वर का कोई आयोजन नहीं देखा। तब उन्होंने विदर्भराज से भेंट की। किन्तु वे यह नहीं जान सके कि स्त्रियों ने अकस्मात् ही गुप्त मंत्रणा करके सहसा उनको वहाँ बुला लिया था। भारत! विदर्भराज ने महाराज ॠतुपर्ण से

पूछा—'यहाँ पर आपका यह शुभागमन किस काम से हुआ?'

"राजा भीम यह नहीं जानते थे कि महाराज ऋतुपर्ण का शुभागमन उनकी अपनी पुत्री के लिए हुआ है। और सत्यपराक्रम राजा ऋतुपर्ण भी बुद्धिमान् थे। वहाँ पर उन्होंने किसी राजा अथवा राजपुत्र को नही देखा, न किसी स्वयंवर की बात सुनी, और न ब्राह्मणों का समागम ही लक्ष्य किया। तब कोसलराज ऋतुपर्ण ने मन-ही-मन में विचार करके कहा—'मैं आपका अभिवादन करने के लिए आया हूँ।'

"उनका कथन सुनकर राजा भीम मुस्करा उठे और अपने मन में सोचने लगे—'ये सौ योजन पार करके तथा अनेक गाँवों को अपने पीछे छोड़कर यहाँ आए हैं। किन्तु अपने यहाँ आने का कारण इन्होंने बहुत साधारण बतलाया। मैं भी ठीक प्रकार से नहीं जानता कि इनके यहाँ आने का कारण क्या है। अच्छा, इनके आने का जो भी कारण होगा वह मैं पीछे जान लूँगा। ये जो कारण बतला रहे हैं वह तो इनके आगमन का कारण नहीं हो सकता।'

"तब राजा भीम ने महाराज ऋतुपर्ण का सत्कार करके उनको विश्राम के लिए विदा कर दिया। वे बार-बार बोले—'आप क्लान्त हैं। आप विश्राम कीजिए।'

"राजा भीम की ओर से प्रीतिपूर्वक सत्कृत होकर महाराज ऋतुपर्ण बहुत प्रसन्न हुए। फिर वे राजसेवकों का अनुसरण करके उन लोगों द्वारा बतलाए हुए भवन में प्रविष्ट हो गए। वार्ष्णेय सहित राजा ऋतुपर्ण के चले जाने पर बाहुक भी अपने रथ को लेकर रथशाला में चला गया। वहाँ जाकर उसने उन अश्वों को खोल दिया और शास्त्रोक्त विधि से उनकी परिचर्या की। अश्वों को सहलाने के उपरान्त वह स्वयं रथ के उपांग में उपासीन हो गया।

"विदर्भराजपुत्री दमयन्ती शोक से आतुर थी। वह राजा ऋतुपर्ण, वार्ष्णेय तथा उस रूप वाले बाहुक को देखकर सोचने लगी—'यह किसके रथ की घरघराहट थी? यह महान् घरघराहट तो राजा नल के ही रथ की थी। किन्तु निषधराज तो कहीं दिखाई नहीं पड़ रहे। निश्चय ही वार्ष्णेय ने ही वह अश्वविद्या सीख ली होगी। उसी वार्ष्णेय के रथ की ही घरघराहट आज राजा नल के रथ की महान् घरघराहट के समान थी। कहीं ऐसा तो नहीं है कि राजा ऋतुपर्ण भी महाराज नल के समान अश्वविद्या में निपुण हों? उनके रथ की घरघराहट तो वैसी ही प्रतीत

हुई जैसी कि राजा नल के रथ की घरघराहट होती थी।'

"राजन्! इस प्रकार तर्क-वितर्क करके शुभलक्षण दमयन्ती ने निषधराज नल की खोज करने के लिए अपनी दूती को भेज दिया।"

२३

बृहदश्व बोले : "दमयन्ती ने कहा—'केशिनि! रथ के उपांग में वह कुरूप और छोटी बाहों वाला सारथि बैठा है। उसके पास जाओ, और पता लगाओ कि वह कौन है। भद्रे! उसके पास जाकर मृदुल वाणी में तथा सावधानी के साथ उसकी कुशल पूछना। अनिन्दिते! उस पुरुष का ठीक-ठीक पता लगाना। उसको देखकर मुझको बहुत शंका हो रही है कि वे राजा नल हो सकते हैं। इसीलिए मेरे मानस में इतनी तुष्टि और हृदय में इतनी शान्ति है। सुश्रोणि! बातचीत के प्रसंग में तुम उसके सामने पर्णाद ब्राह्मण वाली बात कहना। और, अनिन्दिते! वह जो उत्तर दे उसे भलीभाँति समझ लेना।'

"तब दूती बाहुक के पास जाकर सावधानी के साथ वार्तालाप करने लगी। और कल्याणी दमयन्ती प्रासाद में बैठकर प्रतीक्षा करने लगी। केशिनी ने कहा—'नरेन्द्र! आपका स्वागत है। मैं आपका कुशल-समाचार पूछती हूँ। पुरुषश्रेष्ठ! दमयन्ती ने कुछ साधु बातें कही हैं। वे आप मुझसे सुनिए। आप लोगों ने अयोध्या से किस समय प्रस्थान किया था? और आप लोग किसलिए यहाँ आए हैं? आप ये सब बातें ठीक-ठीक बतलाइए। विदर्भराजपुत्री ये बातें सुनना चाहती हैं।'

"बाहुक बोला—'महात्मा कोसलराज ने एक ब्राह्मण के मुख से सुना था कि दमयन्ती का दूसरा स्वयम्वर कल ही होने वाला है। यह सुनते ही राजा ने प्रस्थान कर दिया। उनके अश्व वायु के समान वेगमान् थे तथा एक दिन में सौ योजन चलने वाले थे। और मैं उनका सारथि था।'

"केशिनी ने पूछा—'आप लोगों के साथ जो वह तीसरा व्यक्ति है, वह कौन है, अथवा किसका सेवक है? और आप भी कौन हैं, किसके पुत्र हैं, तथा आपके ऊपर इस कार्य का दायित्व कैसे आ पड़ा?'

बाहुक ने उत्तर दिया—'उस व्यक्ति का नाम वार्ष्णेय है। वह पुण्यश्लोक

राजा नल का सारथि है। नल के वनवास में चले जाने पर वह महाराज ऋतुपर्ण की सेवा में रहने लगा है। मैं भी अश्वविद्या में कुशल हूँ, और सारथि का काम भलीभाँति जानता हूँ। अतएव राजा ऋतुपर्ण ने स्वयं ही मुझको वेतन देकर सारथि के पद पर नियुक्त कर दिया है।'

''केशिनी ने पूछा—'बाहुक! क्या वार्ष्णेय को यह ज्ञात है कि राजा नल कहाँ चले गए? उसने आपके साथ राजा नल के विषय में क्या-क्या बातें कही हैं?'

''बाहुक ने उत्तर दिया—'पुण्यवान् राजा नल के दोनों बालकों को इसी नगर में छोड़कर वार्ष्णेय अपनी इच्छानुसार चला गया था। वह निषधराज नल के विषय में कुछ नहीं जानता। यशस्विनि! नल के विषय में तो कोई भी अन्य पुरुष कुछ भी नहीं जानता। राजा नल का वह पूर्व रूप विलुप्त हो चुका है, और वे इस लोक में गूढ़भाव से विचरण कर रहे हैं। अब तो परमात्मा ही नल को पहिचानते हैं, या फिर स्वयं नल का अपना अन्तर। अन्य कोई उनको नहीं पहिचानता। कारण, राजा नल अपने लक्षणों को किसी के सामने प्रकट नहीं करते।'

''केशिनी ने कहा—'उस दिन वह ब्राह्मण प्रथम बार अयोध्या में गया था। तब उसने एक स्त्री की सिखलाई हुई ये बातें बार-बार कही थीं—हे कितव प्रियतम्! तुम अपने प्रति अनुराग रखने वाली और वन में सोई हुई मुझ प्रिय पत्नी को त्यागकर तथा मेरे आधे वस्त्र को फाड़ कर कहाँ चल दिए? उसे तुमने जिस अवस्था में छोड़ा था, उसी अवस्था में वह आज भी है और तुम्हारे आगमन की प्रतीक्षा कर रही है। आधे वस्त्र से अपने शरीर को आच्छादित करके वह दिन-रात तुम्हारे विरह में जल रही है। पार्थिव! वह सदा तुम्हारे शोक में रोती रहती है। वीर! तुम मुझ पर कृपा करो, और प्रत्युत्तर दो।

'महामते! इसके प्रत्युत्तर में आप दमयन्ती को प्रिय लगने वाली कोई बात कहिए। अनिन्दिता विदर्भराजपुत्री वही वाक्य सुनना चाहती हैं। ब्राह्मण के मुख से यही बातें सुनकर पहिले आप ने एक प्रत्युत्तर दिया था। विदर्भराजपुत्री उसी प्रत्युत्तर को पुनः आपके मुख से सुनना चाहती हैं।'

''कुरुनन्दन! केशिनी ने जब यह बात कही तो नल का हृदय व्यथित हो उठा, और उनके दोनों नयनों में आँसू उमड़ आए। वे राजा शोकाग्नि से दग्ध हो रहे थे। किन्तु उन्होंने अपने दुःख को दबाकर अश्रुगद्गद् वाणी में पुनः ये वचन कहे—'कुलीन स्त्रियाँ संकट में पड़कर भी स्वयं अपनी रक्षा करतीं हैं। इस प्रकार वह

सत्य तथा स्वर्ग, दोनों को ही जीत लेती हैं। इसमें कोई संशय नहीं। श्रेष्ठ स्त्रियाँ पति के द्वारा परित्यक्त होकर भी क्रोध नहीं करतीं। वे सदा ही सदाचार-रूपी कवच से आवृत होकर अपने प्राणों को धारण किए रहती हैं। वह पुरुष बड़ी विषम दशा में पड़ गया था। सुख से वंचित होकर वह विमूढ़ हो गया था। ऐसी अवस्था में यदि उसने पत्नी का परित्याग कर दिया तो पत्नी को क्रोध नहीं करना चाहिए। जीविका पाने की चेष्टा करते समय पक्षियों ने उसके वस्त्र का हरण कर लिया था, और वह चिन्ताओं के कारण जल रहा था। अतएव श्यामा को उस पुरुष पर क्रोध नहीं करना चाहिए। पति ने उसका सत्कार किया हो अथवा असत्कार, पति को वैसे संकट में पड़ा हुआ देखकर उसके लिए यही उचित है कि वह पति को क्षमा कर दे। कारण, वह राज्य से भ्रष्ट, लक्ष्मी से वंचित, भूख से पीड़ित तथा दु:ख के सागर में सराबोर था।'

"भारत! इस प्रकार की बातें कहते-कहते राजा नल अत्यन्त उदास हो गए। वे अपने आँसुओं को रोक नहीं पाए, और वे रो पड़े। तदनन्तर केशिनी ने दमयन्ती के पास जाकर यह समस्त वृत्तान्त सुना दिया। उसने बाहुक की कही हुई समस्त बातें बतला दीं, और बाहुक के मनोविकार का ब्यौरा भी दे दिया।"

२४

बृहदश्व बोले : "वह सब वृत्तान्त सुनकर दमयन्ती अत्यन्त शोक-परायण हो गई। उसके मन में विश्वास हो गया कि बाहुक वस्तुत: राजा नल ही हैं। और वह केशिनी से बोली—'केशिनी! तुम फिर वहाँ जाओ, और बाहुक की परीक्षा करो। अबकी बार तुम मौन रहना। किन्तु उसके समीप रहकर तुम उसके आचरण को लक्ष्य करना। भामिनि! जब वह कोई काम करे तो वह काम करते हुए उसकी प्रत्येक चेष्टा तथा उस चेष्टा के कारण पर तुम अपनी आँख रखना। केशिनि! यदि वह आग्रह करे तो भी तुम उसको आग मत देना। यदि वह जल माँगे तो जल्दी में आकर उसको जल भी मत दे बैठना। बाहुक के इस समस्त आचरण की समीक्षा करके तुम मुझको सब बातें बतलाना। बाहुक में यदि तुमको कोई दैवी अथवा मानवोचित विशेषता दिखलाई दे, अथवा कोई अन्य विशेषता

दिखलाई दे, तो उसको भी लक्ष्य करना और मुझको बतलाना।'

"दमयन्ती के ऐसा कहने पर केशिनी फिर बाहुक के पास गई। और वह उस अश्वविद्या-विशारद के लक्षणों को देखकर वापस लौट आई। उसने बाहुक में जो-जो दैवी अथवा मानवोचित विशेषताएँ देखी थीं वे समस्त उसने दमयन्ती को यथायथ बतला दीं। केशिनी ने कहा—'दमयन्ति! बाहुक का प्रत्येक आचरण शुचि से सम्पन्न है। इस प्रकार का मनुष्य तो मैंने पहिले कभी नहीं देखा, और न सुना है। किसी छोटे द्वार को पार करते समय वह कभी नहीं झुकता। उसको देखकर द्वार ही इतना ऊँचा हो जाता है कि वह सुखपूर्वक पार जा सके। संकीर्ण स्थान में उसके लिए बहुत बड़ा स्थान बन जाता है। राजा ऋतुपर्ण के सत्कार के लिए राजा भीम ने अनेक प्रकार का सीधा भेजा था। उस सीधे में मांस की मात्रा भी प्रचुर थी। और उस मांस को धोने के लिए वहाँ पर खाली घड़े रखवाए गए थे। उन घड़ों में पानी भरना अभी शेष था। बाहुक ने उन घड़ों पर दृष्टिपात किया, और वे सब-के-सब तुरन्त ही पानी से भर गए। तब उस सीधे को धोकर बाहुक ने चूल्हे पर चढ़ा दिया। बाहुक ने एक मुट्ठी तृण लेकर सूर्य की किरणों के सम्मुख कर दिए। और वहाँ पर सहसा ही अग्निदेव प्रज्वलित हो उठे। ये समस्त आश्चर्य देखकर मैं तो विस्मित हो गई। वह सब सुनाने के लिए ही मैं लौटी हूँ। बाहुक में मैंने एक और भी महान् आश्चर्य लक्ष्य किया। शुभे! वह तो अग्नि का स्पर्श करके भी जलता नहीं। पात्र में रक्खा हुआ अल्प-सा जल भी उसकी इच्छा के अनुसार तुरन्त ही प्रवाहित होने लगता है। एक और भी अत्यन्त आश्चर्यजनक बात मैंने वहाँ देखी। उसने कुछ पुष्प अपने हाथ में लेकर धीरे-धीरे उनका मर्दन किया। उसके हाथों से मर्दन किए हुए वे पुष्प विकृत नहीं हुए, प्रत्युत् और भी अधिक सुगन्धित तथा विकसित हो गए। ये सब अद्भुत लक्षण देखकर मैं शीघ्रतापूर्वक यहाँ लौट आई हूँ।'

"दमयन्ती ने पुण्यश्लोक राजा नल की इन चेष्टाओं का वर्णन सुना। उनके इन कामों तथा चेष्टाओं ने उसको सूचित कर दिया। वह मान गई कि राजा नल ही आए हैं। इन समस्त संकेतों से वह समझ गई कि बाहुक उसके पति ही हैं। फिर तो वह रोने लगी, और केशिनी से ये मधुर वचन बोली—'भाविनि! तुम फिर वहाँ जाओ। और बाहुक जिस समय असावधान हो उस समय उसके द्वारा राँधी हुई रसोई में से थोड़ा-सा मांस ले आओ।'

''केशिनी तो दमयन्ती का प्रिय कार्य करने वाली थी। वह बाहुक के पास गई। और उसके राँधे हुए मांस को तत्क्षण ले आई। मांस खूब गरम था।

''कुरुनन्दन! तब केशिनी ने वह मांस दमयन्ती को दिया। दमयन्ती तो पूर्व समय में नल के राँधे हुए मांस का बहुत बार स्वाद ले चुकी थी। मांस को खाकर उसे विश्वास हो गया कि वह सारथि राजा नल ही है। और वह अत्यन्त दुःखित होकर विलाप करने लगी। उस समय उसकी विकलता बहुत बढ़ गई थी। तदनन्तर उसने अपना मुख धो लिया।

''तब उसने केशिनी के साथ अपने दोनों बालकों को बाहुक के पास भेज दिया। बाहुक ने इन्द्रसेना तथा उसके भाई को तुरन्त पहिचान लिया। राजा नल ने तुरन्त ही दौड़कर उन बालकों को छाती से लगाया, और उनको अपनी गोद में बैठा लिया। बाहुक ने देवताओं के बालकों के तुल्य अपने उन बालकों को पहिचान लिया था। तब वह अत्यन्त दुःखित होकर उच्चस्वर से रो पड़ा। निषधराज नल ने इस प्रकार बार-बार अपने मनोविकार को प्रकट किया। फिर उन्होंने उन दोनों बालकों को छोड़कर केशिनी से कहा—'ये दोनों बालक मेरे बालकों के समान हैं। अतएव इनको देखते ही सहसा मैं आँसू बहाने लगा। भद्रे! तुम बार-बार यहाँ आ-जा रही हो। लोग तुम्हारे में किसी दोष की शंका कर लेंगे। हम लोग इस देश के अतिथि हैं। तुम सुखपूर्वक अपने घर चली जाओ।' ''

२५

बृहदश्व बोले : ''इस प्रकार बुद्धिमान् पुण्यश्लोक राजा नल के समस्त मनोविकारों को केशिनी ने लक्ष्य किया। और उसने दमयन्ती के पास आकर पूरा विवरण प्रस्तुत कर दिया। दमयन्ती अब राजा नल के दर्शन की अभिलाषा से विकल हो गई थी। तब उसने केशिनी को ही अपनी माता के पास भेजा। दमयन्ती ने कहलवाया—'माँ। मुझको यह सन्देह था कि बाहुक के रूप में राजा नल ही आए हैं। मैंने बार-बार इस सन्देह की परीक्षा कर के देख लिया। केवल राजा नल के रूप के विषय में ही मुझको संशय रह गया है। इस संशय का समाधान मैं स्वयं करना चाहती हूँ। माँ! आप या तो बाहुक को राजप्रासाद में बुलवा लीजिए, अथवा

मुझको ही बाहुक के पास जाने की अनुमति दे दीजिए। आप जिस प्रकार उचित समझें उसी प्रकार पिताजी को इस भेद की सूचना देकर अथवा न देकर इस भेंट की व्यवस्था कर दीजिए।'

''विदर्भराजपुत्री दमयन्ती के ऐसा कहने पर महारानी ने राजा भीम को अपनी पुत्री का अभिप्राय बतला दिया। राजा भीम ने तुरन्त आज्ञा दे दी। भरतश्रेष्ठ! इस प्रकार माता-पिता की अनुमति प्राप्त करके दमयन्ती ने राजा नल को उस भवन में बुलवा लिया जिसमें वह स्वयं वास करती थी। राजा नल ने सहसा दमयन्ती को देखा। और उसको देखते ही वे शोक तथा दु:ख से आविष्ट होकर आँसू बहाने लगे। दमयन्ती ने भी राजा नल की वह दशा देखी। और वह सुन्दरी भी तीव्र शोक से आविष्ट हो गई।

''महाराज! दमयन्ती ने काषायवस्त्र धारण किया हुआ था। उसके केश अस्त-व्यस्त हो गए थे। और उसकी देह पर मैल की कीच जम गई थी। वह बाहुक से बोली—'बाहुक! क्या तुमने पहिले किसी ऐसे धर्मज्ञ पुरुष को देखा है जो अपनी सोती हुई भार्या को वन में छोड़कर चला गया हो? पुण्यश्लोक राजा नल के अतिरिक्त ऐसा पुरुष अन्य कौन हो सकता है जो अपनी प्रिय भार्या को बिना किसी अपराध के ही सोती हुई छोड़कर चला जाए? न जाने मैंने बाल्य-स्वभाव के वशीभूत होकर उन महाराज का क्या अपराध किया था कि वे मुझे वन में निद्राभिभूत छोड़कर चल दिए! पूर्व समय में मैंने साक्षात् देवताओं का तिरस्कार करके उनका वरण किया था। मैं सदा उनकी आज्ञाकारिणी बनी रही। मैं सदा उनके प्रति अनुरक्त भी रही। और मैं तो पुत्रवती हूँ। मुझको उन्होंने क्यों त्याग दिया? उन्होंने अग्नि के सामने मेरा पाणिग्रहण करके और देवताओं को साक्षी बनाकर कहा था कि वे सदा मेरा साथ निभाएँगे। उनकी दी हुई प्रतिश्रुति में विद्यमान वह सत्य न जाने कहाँ चला गया?'

''शत्रुदमन! दमयन्ती ये सब बातें कह रही थी, और राजा नल के नेत्रों से उनके अत्यन्त दु:खित हो उठने के कारण अजस्र अश्रुधारा बह रही थी। राजा नल के नेत्रों के तारक अत्यन्त कजरारे थे। और उनके नेत्रों के कोर किंचित रक्तवर्ण थे। दमयन्ती को शोक से आर्त देखकर राजा नल ने उन नेत्रों से आँसू बहाते हुए कहा—'भीरु! मेरे राज्य का अपहरण और मेरे द्वारा तुम्हारा परित्याग—यह सब-कुछ कलियुग की ही करतूत थी। मैंने जानबूझकर कुछ नहीं किया। उस समय

तुम वन में निवास करती हुई दिन-रात मेरे लिए शोक करके दु:खित हो गई थीं तो तुमने उस धर्म-संकट में पड़कर कलियुग को शाप दे दिया था। वही कलियुग तुम्हारे शाप से जलता हुआ मेरे शरीर में वास कर रहा था। तुम्हारे शाप के प्रताप से वह उसी प्रकार दग्ध हो रहा था मानो अग्नि के मध्य में अग्नि रक्खी गई हो। शुभे! मैंने अपने व्यवसाय तथा अपनी तपस्या के बल से कलियुग को पराभूत कर दिया है। अतएव अब हमारे इस दुर्दिन का अन्त हो जाना चाहिए। विपुलश्रोणि! वह पापी कलियुग मुझको मुक्त करके चला गया है। इसीलिए मैं तुमको प्राप्त करने के प्रयोजन से यहाँ आया हूँ। मेरे यहाँ आने का और कोई प्रयोजन नहीं है। भीरु! मैंने सुना है कि तुम दूसरा विवाह करना चाहती हो। मेरी समझ में यह नहीं आ रहा कि कोई स्त्री अपने अनुरक्त तथा अनुव्रत पति को त्यागकर किसी अन्य पुरुष का वरण कैसे कर सकेगी। महाराज भीम के अनुशासन से उनके दूत सारी पृथ्वी का विचरण कर रहे हैं, और घोषणा कर रहे हैं कि भीमपुत्री दमयन्ती दूसरे पति का वरण करेगी। महाराज ऋतुपर्ण ने यह सुना कि दमयन्ती स्वेच्छाचारिणी हो गई है और अपनी रुचि के अनुसार किसी अनुरूप पति का वरण कर सकती है। इसीलिए वे शीघ्रतापूर्वक यहाँ आए हैं।'

''दमयन्ती ने राजा नल की वह परिवेदना सुनी। वह काँप उठी, और उसने भयभीत होकर हाथ जोड़ते हुए ये वचन कहे—'कल्याण! आपको मुझमें किसी दोष की शंका नहीं करनी चाहिए। निषधराज! मैंने तो देवताओं का तिरस्कार करके आपका वरण किया है। वे ब्राह्मण लोग आपकी खोज करने के लिए ही समस्त दिशाओं में गए थे। और वे लोग मेरी कही हुई गाथा का ही दशों दिशाओं में गान कर रहे थे। राजन्! तदनन्तर पर्णाद नाम का एक विद्वान् ब्राह्मण महाराज ऋतुपर्ण के राजप्रासाद में गया और अयोध्या नगरी में आपसे मिला। उस ब्राह्मण ने मेरी बात सम्यक् रूप से आपसे कही, और वह आपका प्रत्युत्तर मेरे पास लाया। निषधराज! तदनन्तर ही मुझे आपको यहाँ ले आने का यह उपाय सूझा। पृथिवीपते! नरेश्वर! मैं जानती थी कि आपके अतिरिक्त इस संसार में कोई अन्य पुरुष ऐसा नहीं है जो एक ही दिन में अपने अश्वों को सौ योजन ले जाने के लिए समर्थ हो। महीपते! मैं तो मन से भी कभी कोई असदाचरण नहीं करती। इसी सत्य का आश्रय लेकर मैं आपके दोनों चरणों का स्पर्श कर रही हूँ। ये वायुदेवता निरन्तर ही इस लोक में विचरण करते रहते हैं। ये समस्त प्राणियों के साक्षी हैं।

यदि मैंने कोई पाप किया है तो ये मेरे प्राणों का हरण कर लें। ये सूर्यदेवता सदा ही इस भुवन के ऊपर प्रतिष्ठित होकर विचरण करते रहते हैं। यदि मैंने कोई पाप किया है तो ये मेरे प्राणों का हरण कर लें। ये चन्द्रदेवता समस्त प्राणियों के अन्तर में साक्षी रूप से विचरण करते हैं। यदि मैंने कोई पाप किया है तो ये मेरे प्राणों का हरण कर लें। ये तीनों देवता समस्त त्रिलोकी को धारण किये हुए हैं। ये देवता ही बतलाएँ कि मैंने सत्य कहा है अथवा मिथ्या। यदि मैंने मिथ्याचरण किया है तो ये देवता मेरा परित्याग कर दें।'

"दमयन्ती के ऐसा कहने पर वायुदेवता ने अन्तरिक्ष से कहा—'नल! इसने कोई पाप नहीं किया। मैं तुमसे ये सत्य बात कह रहा हूँ। राजन्! दमयन्ती ने अपने शील की स्फीत निधि को सदा ही सुरक्षित रक्खा है। और हम तीनों देवता तीन वर्ष तक इसके रक्षक तथा साक्षी रहें हैं। तुम को पाने के लिए ही इसने इस अनुपम उपाय का आश्रय लिया है। कारण, इस संसार में तुम्हारे अतिरिक्त कोई अन्य ऐसा पुरुष नहीं है जो एक ही दिन में सौ योजन पार कर सके। महीपते! भीमपुत्री सर्वथा तुम्हारे योग्य है, और तुम भीमपुत्री के योग्य हो। तुम्हें इस विषय में कोई शंका नहीं करनी चाहिए। तुम अपनी भार्या के साथ समागम करो।'

"वायुदेवता के ऐसा कहते समय आकाश से पुष्प-वर्षा हो रही थी, देवताओं की दुन्दुभियाँ नाद कर रही थीं, और मंगलमय वातास बहने लगा था। भारत! राजा नल ने उस अद्‌भुत दृश्य को देखा, और उन अरिंदम ने दमयन्ती के प्रति अपनी उस शंका का त्याग कर दिया। तदनन्तर पृथिवी के पति राजा नल ने नागराज कर्कोटक का स्मरण किया और वह अजीर्ण वस्त्र ओढ़ लिया। वे तुरन्त ही अपने स्वरूप को प्राप्त हो गए। भीमपुत्री ने देखा कि उसके पति अपने स्वरूप में प्रतिष्ठित हैं। वह अनिन्दिता पुण्यश्लोक का आलिंगन करके उच्चस्वर से रोने लगी।

"राजा नल का रूप उनके पूर्व रूप के समान देदीप्यमान था। उन्होंने दमयन्ती तथा अपने दोनों बालकों को छाती से लगाया और उन सबको यथावत् प्रसन्न किया। तब वह शुभानना और विशालनयना दमयन्ती राजा नल के मुख को अपने वक्षःस्थल पर रखकर दुःख से भरे दीर्घ निःश्वास छोड़ने लगी। इसी प्रकार मल से लिप्त अंगों वाली और मधुर मुस्कान वाली दमयन्ती को अपनी छाती से लगाकर पुरूषव्याघ्र राजा नल बहुत देर तक शोक-मग्न खड़े रहे।

''राजन्! तदनन्तर विदर्भराजपुत्री की माताजी ने प्रसन्न होकर नल और दमयन्ती का वह समस्त वृत्तान्त राजा भीम को यथावत् सुना दिया। तब महाराज भीम ने कहा—'नल को दमयन्ती के साथ सुखपूर्वक सहवास करने दो। कल प्रात:काल ही मैं स्नानादि से शुद्ध नल को दमयन्ती के साथ देखूँगा।'

''राजन्! तब उन दोनों ने प्रसन्न होकर एक साथ रात बिताई। वे दोनों रात भर अपने वनवास की पुरानी बातें कहते-सुनते रहे। नल तथा विदर्भराजपुत्री अब सर्वथा प्रसन्न-चित्त थे। एक-दूसरे को सुख देने की आकांक्षा वाले वे दोनों राजा भीम के प्रासाद में रहे। राजा नल ने चार वर्ष के उपरान्त अपनी भार्या के साथ भेंट की थी। अब उनकी सकल कामनाएँ सिद्धार्थ हो चुकी थीं। अतएव वे परम आनन्द में निमग्न हो गए।

''दमयन्ती अपने पति को पाकर अत्यन्त प्रसन्न हुई। मानो आधी उगी हुई सस्य से सम्पन्न वसुन्धरा पर वारिवर्षण हुआ हो। जिस प्रकार चन्द्रमा के उदय होने पर रात्रि शोभायमान हो जाती है, उसी प्रकार दमयन्ती भी पूर्णकाम होकर शोभायमान हुई। पति को पाकर उसने तन्द्रा का त्याग कर दिया था। और वह शान्तचित्त, तथा हर्ष के कारण वृद्धसत्त्वा हो गई थी।''

२६

बृहदश्व बोले : ''तदनन्तर उस रात के व्यतीत हो जाने पर राजा नल भलीभाँति अलंकृत होकर विदर्भराजपुत्री दमयन्ती के साथ महाराज भीम के पास गए। तब राजा नल ने विनीत भाव से श्वसुर का अभिवादन किया। तदुपरान्त शुभलक्षणा दमयन्ती ने भी पिता की वन्दना की।

''राजा भीम ने परम प्रसन्न होकर नल को अपने पुत्र के समान अपनाया। उन शक्तिशाली राजा ने नल का यथायोग्य सत्कार किया, और उनको आश्वासन दिया। नल का सत्कार करने के साथ-साथ राजा भीम ने पतिव्रता दमयन्ती का भी सत्कार किया। राजा नल ने उस सत्कार को यथाविधि स्वीकार किया।

''उन्होंने भी अपनी ओर से श्वसुर का यथावत् आदर-सत्कार किया। तब नगर में एक आनन्दजनित कोलाहल व्याप्त हो गया। राजा नल को इस प्रकार

लौट आया देखकर प्रजागण अत्यन्त हर्षान्वित हो उठे थे। उन्होंने नगर को पताकाओं तथा ध्वजों की पंक्तियों से सजाया था। भलीभाँति झाड़े-बुहारे गए राजमार्गों पर छिड़काव किया गया था, और उनको फूलों से सजाया गया था। पुरवासियों ने द्वार-द्वार पर पुष्पभंग बनाए थे। नगर के समस्त देवालयों में पूजा की गई थी। तब राजा ऋतुपर्ण ने भी यह सुना कि बाहुक के छद्मवेष में वास करने वाले पुरुष वस्तुतः राजा नल थे।

"दमयन्ती के साथ नल का मिलन सुनकर राजा ऋतुपर्ण को बहुत हर्ष हुआ। उन्होंने राजा नल को बुलवाया और उनसे क्षमायाचना की। बुद्धिमान् राजा नल ने भी अनेक युक्तियाँ प्रस्तुत करके राजा ऋतुपर्ण से क्षमा माँगी। इस प्रकार सत्कृत होकर राजा ऋतुपर्ण का मुख हर्ष से खिल उठा। राजा ऋतुपर्ण तत्त्वज्ञ तथा वक्ताओं में श्रेष्ठ थे। वे निषधराज का अभिवादन करते हुए बोले—'निषधनरेश! यह सौभाग्य का विषय है कि आपका अपनी पत्नी से पुनर्मिलन हुआ। वसुधाधिप! आप जिस समय मेरे घर में निवास करते थे उस समय मैंने आपके प्रति कोई अपराध तो नहीं किया? यदि मैंने बिना जाने-बूझे अथवा जान-बूझकर आपके प्रति कोई अपराध किये हों तो आप उनको क्षमा कर दें।'

"राजा नल ने उत्तर दिया—'पार्थिव! आपने तो मेरे प्रति कोई छोटा-सा भी अपराध नहीं किया, और यदि किया भी हो तो उसके लिए मेरे मानस में कोई रोष नहीं है। आप तो क्षमा के ही पात्र हैं। जनाधिप! आप तो पहिले से ही मेरे सखा तथा सम्बन्धी थे। उसके अनन्तर आप पुनः मेरे प्रेम के पात्र बन गए हैं। आपके यहाँ मैंने सुखपूर्वक वास किया। आपकी कृपा से मेरी समस्त कामनाएँ सम्यक् रूप से पूर्ण हुईं। आपके घर मुझको सदा वह सुख मिला जो मुझे अपने घर में नहीं मिलता। आपका अश्वविज्ञान मेरे पास धरोहर के रूप में पड़ा है। राजन्! यदि आप उचित समझें तो मैं उसे आपको दे देना चाहता हूँ।'

"ऐसा कहकर निषधराज नल ने वह विज्ञान राजा ऋतुपर्ण को दे दिया। और राजा ऋतुपर्ण ने भी शास्त्रोक्त विधि से उस विज्ञान को ग्रहण कर लिया। राजा नल से अश्वविज्ञान प्राप्त करके तथा निषधराज को द्यूतविद्या का रहस्य सिखलाकर महाराज ऋतुपर्ण एक अन्य सारथि के साथ अपने नगर को लौट गए। राजन्! ऋतुपर्ण के चले जाने पर राजा नल कुण्डिनपुर में वास करने लगे। विशाम्पते! वहाँ अपने वास का वह काल उनको बहुत लघु लगा।"

२७

बृहदश्व बोले : ''कौन्तेय! निषधराज ने एक मास तक कुण्डिनपुर में निवास किया। फिर वे राजा भीम की आज्ञा लेकर कुछ सेवकों के साथ निषध देश की ओर चल पड़े। उनके साथ एक शुभ्र रथ था, और सोलह हाथी, पचास अश्व तथा छः सौ पदाति थे। वे राजा धरती को कम्पायमान्-सा करते हुए द्रुतगति से जा रहे थे। तब उन महामना ने बड़े वेगपूर्व जाकर सहसा ही निषध देश में प्रवेश किया।

''तदनन्तर वीरसेन के पुत्र नल ने पुष्कर के पास जाकर कहा—'मैंने बहुत धन कमा लिया है। आओ, हम फिर से दाँव लगाएँ। दमयन्ती तथा अन्य जो कुछ भी मेरे पास है वह सब मैं दाँव पर रक्खूँगा। और, पुष्कर! तुम अपना राज्य दाँव पर रक्खो। मेरा यह निश्चित मत है कि एक ही दाँव लगाकर हम लोग फिर से जूआ खेलें। तुम मेरी बात मान लोगे तो तुम्हारा कल्याण होगा। अन्यथा हम दोनों को प्राणों की बाज़ी लगानी पड़ेगी। यदि किसी ने दूसरे का राज्य अथवा धन जूए में जीत लिया हो तो उसको बदले में दाँव लगाना ही पड़ता है। यही परम धर्म है। यदि तुम जूए की बाज़ी लगाना नहीं चाहते तो युद्ध की बाज़ी के लिए प्रस्तुत हो जाओ। फिर द्वैरथ युद्ध में तुम्हारा अथवा मेरा अन्त हो जाए। यह राज्य वंशभोग्य है। इसके उत्तराधिकार का उद्धार तो येन-केन-प्रकारेण करना ही होगा। पूर्वजों का यहीं आदेश है। तो, पुष्कर! आज तुम इन दोनों मनोरथों में से एक मनोरथ कर लो। या तो कुशलतापूर्वक जूआ खेलो, या फिर धनुष पर प्रत्यंचा चढ़ाओ।'

''पुष्कर अपनी विजय को निश्चित मानता था। निषधराज के द्वारा ऐसा कहा जाने पर वह हँसता हुआ राजा नल से बोला—'निषधराज! यह तो सौभाग्य की बात है कि तुमने दाँव पर लगाने के लिए धन कमा लिया है। यह भी सौभाग्य की बात है कि दमयन्ती के पाप-कर्मों का क्षय हो गया है। और यह भी सौभाग्य की बात है कि तुम दमयन्ती सहित अभी तक जीवित हो। तुम्हारे धन को जीत लेने पर दमयन्ती अपना शृङ्गार करके उसी प्रकार मेरी सेवा में उपस्थित होगी जिस प्रकार स्वर्ग की अप्सराएँ इन्द्र की सेवा में। निषधराज! मैं तो नित्य ही तुम्हारा स्मरण करता रहा हूँ, और तुम्हारी प्रतीक्षा भी करता रहा हूँ। शत्रुओं के साथ दाँव लगाकर मेरा मन कभी नहीं भरता। आज मैं अनिन्द्य सुन्दरी दमयन्ती को जीतकर

कृतकृत्य हो जाऊँगा। वह मेरे मन में सदा ही निवास करती रही है।'

"बहुत प्रकार से असम्बद्ध प्रलाप करने वाले पुष्कर के वचन सुनकर राजा नल को क्रोध आ गया। उनकी इच्छा हुई कि कृपाण से पुष्कर का शिर काट लें। रोष के कारण राजा नल के नेत्र आरक्त थे। किन्तु फिर भी उन्होंने हँसकर कहा—'बकवाद करने से क्या लाभ? दाँव लगाओ। हार जाने पर तुम बकवाद भूल जाओगे।'

"तदनन्तर नल और पुष्कर का जूआ ठन गया। पुष्कर ने पहले ही दाँव पर अपने सब रत्न, अपना सारा कोष तथा अपने प्राण भी लगा दिये। और वीरवर नल ने एक ही दाँव में पुष्कर को पराभूत कर दिया। पुष्कर को जीतकर राजा नल ने हँसकर कहा—'यह समस्त अव्यग्र तथा निष्कण्टक राज्य अब मेरा है। नृपाधम! विदर्भराजपुत्री को तो तू आँख उठाकर देख भी नहीं सकता। और, मूर्ख! तू अब अपने परिवार सहित दमयन्ती का दास है। पहली बार जो मैं तुझ से हार गया था उसमें तेरा कोई पौरुष नहीं था। मूढ़! वह तो कलियुग की करतूत थी। तू उसे नहीं समझता। किन्तु मैं कलियुग द्वारा किए गए अपराध को कभी तुम्हारे माथे नहीं मढ़ूँगा। तू सुख से अपना जीवन व्यतीत कर। मैं तेरे प्राण तुझे लौटाता हूँ। तेरी समस्त सम्पत्ति तथा तेरा उत्तराधिकार भी तुझे लौटाता हूँ। तुझे इस बात में संशय नहीं होना चाहिए कि तेरे प्रति मेरा प्रेम पूर्ववत् बना हुआ है। तेरे प्रति मेरा जो सौहार्द है वह कभी विलुप्त नहीं होगा। पुष्कर! तू मेरा भाई है। तू सौ वर्ष तक जीवित रह।'

"सत्यविक्रम नल ने इस प्रकार अपने भाई को सान्त्वना देकर और उसको बार-बार अपनी छाती से लगाकर उसे उसकी पुरी में भेज दिया। राजन्! निषधराज की ओर से इस प्रकार सान्त्वना पाकर पुष्कर ने हाथ जोड़ लिए और वह पुण्यश्लोक को प्रणाम करके बोला—'पार्थिव! आप मेरे प्राण और मेरा अधिष्ठान मुझको लौटा रहे हैं। आपकी कीर्ति अक्षय हो, और आप सौ वर्ष तक सुखपूर्वक जीवित रहें।'

"राजन्! राजा नल के द्वारा इस प्रकार सत्कृत होकर पुष्कर एक मास तक वहीं टिका रहा, और फिर प्रसन्नतापूर्वक स्वजनों के साथ अपने पुर को चला गया। उसके साथ बड़ी सेना थी और विनीत परिचारक थे। पुरुषर्षभ! पुष्कर का शरीर इस प्रकार देदीप्यमान था जिस प्रकार कि सूर्य भगवान् का। पुष्कर को

उसके धन के साथ सकुशल विदा करके राजा नल ने अपने अत्यन्त शोभासम्पन्न नगर में प्रवेश किया।

"निषधराज ने नगर में प्रवेश करके नगरवासियों को सान्त्वना दी। पुरवासी तथा जनपदवासी लोग बहुत प्रसन्न हुए। उन सब को रोमांच हो रहा था। अमात्य आदि सब लोगों ने हाथ जोड़कर कहा—'राजन्! आज पुर में तथा जनपद में वास करने वाले हम सब लोग धन्य हो गए। देवताओं को जिस प्रकार इन्द्र मिल गए हों उसी प्रकार हम लोगों को आप मिल गए। हम लोग आपकी उपासना करेंगे।'"

२८

बृहदश्व बोले : "नगर में शान्ति व्याप्त हो गई। सब लोग प्रसन्न हो गए। चारों ओर महोत्सव होने लगा। तब एक महान् सेना साथ लेकर राजा नल दमयन्ती को विदर्भ-देश से ले आए। दमयन्ती के पिता शत्रुसूदन, अप्रमेयात्मा और भीमपराक्रमी राजा भीम ने भी पुत्री को पूर्ण सत्कार के साथ विदा कर दिया।

"विदर्भराजपुत्री जब अपनी सन्तान-सहित आ गई तो राजा उसी प्रकार प्रसन्नतापूर्वक जीवन व्यतीत करने लगे जिस प्रकार कि नन्दनकानन में देवराज इन्द्र।

"उनका यश जम्बुद्वीप के समस्त राजाओं में प्रसार पा गया। अपने दोबारा जीते हुए राज्य का उन महायशस्वी ने सम्यक् शासन किया। राजा नल ने ब्राह्मणों को पर्याप्त दक्षिणा देकर विविध यज्ञों का विधिवत् अनुष्ठान करते हुए भगवान् की आराधना की। राजेन्द्र! तुम भी शीघ्र ही अपने सुहृदों को साथ लेकर यज्ञ करोगे।

"भरतश्रेष्ठ! नरेश्वर! परपुरंजय राजा नल ने जूआ खेलने के कारण ही अपनी भार्या सहित इस प्रकार का दु:ख उठाया था। पृथिवीपते! राजा नल ने अकेले रहकर ही यह महान् और घोर दु:ख झेला था। और उन्होंने पुनः अभ्युदय को प्राप्त किया था। पाण्डव! फिर तुम तो अपने भाइयों तथा कृष्णा को साथ लेकर धर्म का चिन्तन करते हुए उस महावन में विहार कर रहे हो। राजन्!

महाभाग और वेद-वेदाङ्ग में पारंगत ब्राह्मण सदा तुम्हारे साथ रहते हैं। फिर तुम क्यों परिदेवना कर रहे हो?

"राजन्! कर्कोटक नागराज, दमयन्ती, नल तथा राजर्षि ऋतुपर्ण की यह कथा कलिमल का नाश करने वाली है। राजन्! यह इतिहास भी कलिमल का नाश करने वाला है। तुम्हारे समान लोगों को इसे सुनकर आश्वासन प्राप्त होता है। पुरुष को प्राप्त होने वाली सभी उपलब्धियाँ सदा ही अस्थिर होती है। अतएव उनके उदय तथा विलय के विषय में तुमको शोक नहीं करना चाहिए। राजन्! इस इतिहास को सुनकर तुम आश्वस्त हो जाओ। तुम शोक मत करो। महाराज! संकट के समय विषादग्रस्त नहीं होना चाहिए। दैव के प्रतिकूल होने पर, पौरुष के विफल हो जाने पर, सत्त्व का आश्रय लेने वाले लोग अपने-आप को विषाद-ग्रस्त नहीं करते। जो लोग नल के इस महान् चरित् का निरन्तर ही कथन तथा श्रवण करेंगे वे कभी दरिद्रता को प्राप्त नहीं होंगे। उनके सकल मनोरथ सिद्ध होंगे। और वे धन्य हो जाएँगे। इस शाश्वत तथा श्रेष्ठ इतिहास को सुनकर प्रत्येक मनुष्य, पुत्र और पौत्र और पशु तथा जनगण में प्रमुखता प्राप्त कर लेता है। इसमें कोई संशय नहीं कि वह आरोग्यवान् तथा प्रसन्न हो जाता है।

"पार्थिव! तुमको यह भय सता रहा है कि द्यूत का कोई कुशल ज्ञाता तुमको फिर आमन्त्रित कर लेगा। अतएव मैं तुम्हारे उस भय का निवारण किए देता हूँ। सत्यपराक्रम! मैं द्यूतविद्या के पूर्ण रहस्य को जानता हूँ। कौन्तेय! तुम उस रहस्य को ग्रहण करो। मैं प्रसन्न होकर तुमको वह रहस्य बतलाऊँगा।"

वैशम्पायन ने कहा—तब राजा युधिष्ठिर ने प्रसन्न होकर बृहदश्व से कहा : "भगवन्! मैं द्यूतविद्या के रहस्य को तत्त्वतः जानना चाहता हूँ।"

तब बृहदश्व ने उस महात्मा पाण्डव को द्यूतविद्या का रहस्य सिखला दिया। फिर युधिष्ठिर को अश्वविद्या का रहस्य भी समझाकर वे महातपस्वी स्नान करने चले गए। बृहदश्व के चले जाने पर राजा युधिष्ठिर ने अर्जुन के विषय में यह समाचार सुना कि वे मनीषी वायुगात्र का भक्षण करते हुए उग्र तपस्या कर रहे हैं। तीर्थ, पर्वत तथा वन में इधर-उधर भ्रमण करने वाले ब्राह्मण और तपस्वी, दृढ़वती राजा के पास यह समाचार लाए थे। उन लोगों ने बतलाया : "महाबाहु अर्जुन दुष्कर तपस्या कर रहे हैं। उनके समान उग्र तप करने वाला इसके पूर्व कोई नहीं देखा गया। कुन्ती-कुमार धनञ्जय जिस प्रकार अपने व्रत में स्थिर

रहकर तपस्या कर रहे हैं, उसके कारण वे एकाकी विचरने वाले अर्जुन श्रीमान् और मुनिधर्म का मूर्तिमान स्वरूप दिखलाई पड़ते हैं।''

राजन्! पाण्डुनन्दन युधिष्ठिर ने जब यह सुना कि अर्जुन महावन में तपस्या कर रहे हैं तो उन्होंने अपने भाई के विषय में बार-बार शोक किया। संतप्त हृदय वाले राजा युधिष्ठिर महावन में शरणापन्न थे। और वे विविध प्रकार के ज्ञान से सम्पन्न ब्राह्मणों से धर्मचर्चा करते रहते थे।